Charles Perrault
Clássicos de todos os tempos

Tradução
Fabio Teixeira e Karla Lima

Ciranda Cultural

© 2019 Ciranda Cultural Editora e Distribuidora Ltda.

Titulo original
Tales of passed times

Texto
Chales Perrault

Tradução
Fabio Teixeira / Karla Lima

Produção e projeto gráfico
Ciranda Cultural

Ilustrações
Beatriz Mayumi

Imagens
Shutterstock

Dados Internacionais de Catalogação na Publicação (CIP) de acordo com ISBD

P454c   Perrault, Charles, 1628-1703

Clássicos de todos os tempos / Charles Perrault ; ilustrado por Beatriz Mayumi ; traduzido por Fabio Teixeira, Karla Lima. - Jandira, SP : Ciranda Cultural, 2019.
128 p. ; 16cm x 23cm.

Tradução de: Tales of passed times
Inclui índice.
ISBN: 978-85-380-9185-1

1. Literatura infantil. 2. Contos de fadas. I. Teixeira, Fabio. II. Lima, Karla. III. Mayumi, Beatriz. IV. Título.

2019-1812

CDD 028.5
CDU 82-93

Elaborado por Vagner Rodolfo da Silva - CRB-8/9410

Índice para catálogo sistemático:
1. Literatura infantil 028.5
2. Literatura infantil 82-93

1ª edição em 2019
www.cirandacultural.com.br
Todos os direitos reservados.
Nenhuma parte desta publicação pode ser reproduzida, arquivada em sistema de busca ou transmitida por qualquer meio, seja ele eletrônico, fotocópia, gravação ou outros, sem prévia autorização do detentor dos direitos, e não pode circular encadernada ou encapada de maneira distinta daquela em que foi publicada, ou sem que as mesmas condições sejam impostas aos compradores subsequentes.

NOTA DA EDIÇÃO ORIGINAL

É a Perraul que devemos nosso conhecimento a respeito de um grande número de bons e antigos contos de fadas, mas em uma edição como esta, apesar de ser composta por amigos íntimos da nossa infância, como Barba Azul, Bela Adormecida e Chapeuzinho Vermelho, dificilmente ficaria completa sem *A Bela e a Fera* – por isso, uma versão desse conto de Madame Le Prince de Beaumont foi acrescentada. Além disso, permitimo-nos também a inserção de dois contos da Condessa d'Aulnoy, cujos textos, menos prestigiados que os de Perrault, possuem uma atmosfera de magia secreta, aquele encantamento característico das terras das fadas. Sendo assim, acreditamos que adição das histórias da Rã Bondosa e da Princesa Rosette será bem-vinda aos olhos do jovem leitor.

SUMÁRIO

A BELA ADORMECIDA 7
A BELA E A FERA 17
A PRINCESA ROSETTE 33
A RÃ BONDOSA 51
AS FADAS 77
BARBA AZUL 81
CHAPEUZINHO VERMELHO 89
CINDERELA 93
O GATO DE BOTAS 103
PEQUENO POLEGAR 109
RIQUET DO TOPETE 121

A BELA ADORMECIDA

Era uma vez um rei e uma rainha que eram muito infelizes por não terem filhos, mais infelizes do que palavras podem descrever. Promessas, peregrinações, eles tentaram de tudo, mas sem nenhum resultado. Com o tempo, porém, tiveram uma filhinha.

O batizado foi magnífico. Foram escolhidas como madrinhas para a princesa, todas as fadas que puderam ser encontradas no país, elas eram sete, para que cada uma concedesse um dom à princesa, segundo o costume daquela época, a fim de que ela tivesse todas as perfeições imagináveis. Após a cerimônia, todos retornaram ao palácio do rei, onde um grande banquete havia sido preparado para as fadas. A mesa foi posta de forma magnífica para elas, e o lugar de cada uma estava marcado com um estojo de ouro maciço contendo uma colher, um garfo e uma faca de ouro puro, ornamentados com diamantes e rubis.

Porém, enquanto elas se sentavam, chegou uma velha fada, que não tinha sido convidada, pois pensavam que ela estivesse morta ou enfeitiçada, visto que não saía da torre onde vivia por mais de cinquenta anos. O rei ordenou que fosse arranjado um lugar para ela à mesa, mas já não havia possibilidade de lhe dar um estojo de ouro maciço como o das outras, pois apenas sete haviam sido feitos especialmente para as sete fadas. A velha fada julgou que foi tratada com desprezo e murmurou palavras de ameaça entre os dentes. Uma das jovens fadas, que estava ao

Charles Perrault

lado dela, ouviu seus resmungos e temeu que ela pudesse lançar algum feitiço contra a jovem princesa. Por isso, assim que elas se levantaram da mesa, ela correu e se escondeu atrás das cortinas. Ela seria a última a falar e poderia reparar, o máximo que pudesse, qualquer mal que a velha fada viesse a fazer. Enquanto isso, as fadas começaram a conceder seus dons à princesa. A mais jovem lhe prometeu que ela seria a mulher mais bonita do mundo; a segunda fada, prometeu que ela teria a mente de um anjo; a terceira, prometeu que cada movimento seu seria gracioso; a quarta, prometeu que ela dançaria com perfeição; a quinta, prometeu que ela cantaria como um rouxinol; a sexta, prometeu que ela tocaria qualquer instrumento da forma mais bela possível. Então chegou a vez da velha fada. Balançando a cabeça mais de perversidade do que de velhice, ela disse que a princesa furaria a mão numa roca de fiar e morreria com a ferida.

O país inteiro estremeceu ao ouvir aquele terrível presságio, e todos começaram a chorar. Naquele momento, a jovem fada saiu de trás das cortinas e falou alto para todos ouvirem:

– Fiquem tranquilos, rei e rainha; sua filha não morrerá dessa ferida. De fato, não tenho poder o bastante para desfazer completamente o que a fada anciã predisse. A princesa furará a mão numa roca de fiar, mas em vez de morrer, apenas cairá num sono profundo que durará cem anos, e então o filho de um rei virá para despertá-la.

O rei, na esperança de impedir o infortúnio predito pela velha fada, imediatamente emitiu um decreto proibindo todos, sob pena de morte, de usar ou possuir uma roca de fiar.

Quinze ou dezesseis anos depois, o rei e a rainha foram para uma de suas casas de campo, e a princesa começou a correr no castelo, subindo as escadas e indo de um aposento a outro, até chegar a um sótão no topo de uma torre onde uma simpática senhora fiava sozinha, pois nunca tinha ouvido falar sobre o decreto do rei que proibia o uso da roca.

– O que a senhora está fazendo? – perguntou a princesa.

– Estou fiando, bela mocinha – respondeu a velha, que não conhecia a princesa.

– Que bonito! – exclamou a princesa. – Como é que se faz? Deixe-me tentar para ver se consigo também.

Clássicos de todos os tempos

Ela mal tinha se sentado à roca quando, apressada e quase inconscientemente, como a velha fada havia predito, furou a mão na agulha e desmaiou. A pobre velha ficou apavorada e pediu por socorro. Pessoas vieram correndo de todos os aposentos; elas jogaram água no rosto da princesa, soltaram os laços de seu vestido, bateram nas suas mãos, esfregaram suas têmporas com água de colônia, mas nada a fez voltar a si. O rei, que correu para lá com o barulho, lembrou-se do presságio e concluiu sabiamente que aquele era o acidente que a fada tinham predito. Ele ordenou que levassem a princesa a um belo aposento do palácio e deitassem em uma cama adornada com prata e ouro. A princesa parecia um anjo, de tão bela a sua aparência, pois sua face não havia perdido as cores vibrantes com o desmaio; suas maças do rosto ainda estavam rosadas e seus lábios eram como coral. Apenas seus olhos estavam fechados, mas ela ainda respirava suavemente, mostrando que não estava morta.

O rei ordenou que a deixassem dormir ali tranquila, até chegar sua hora de ser despertada. A boa fada que havia salvado sua vida, determinando que ela dormisse por cem anos, estava no reino de Mataquim, a doze léguas de distância, quando a princesa sofreu o acidente, mas foi informada no mesmo instante por um anãozinho que calçava botas de sete léguas, que permitem percorrer sete léguas a cada passo.

A fada partiu no mesmo instante, e uma hora depois chegou em uma carruagem de fogo puxada por dragões.

O rei estendeu-lhe o braço para ajudá-la a sair da carruagem. Ela aprovou tudo que o rei tinha feito, mas como era muito previdente, ponderou que a princesa se sentiria muito perdida e assustada ao despertar e se ver sozinha no velho castelo; então, fez o seguinte: com sua varinha de condão, ela tocou todos que estavam no castelo, exceto o rei e a rainha: governantas, damas de honra, camareiras, escudeiros, oficiais, mordomos, cozinheiros, copeiros, rapazes, guardas, carregadores, pajens, lacaios; também tocou os cavalos que estavam nos estábulos com seus cavalariços, os grandes cães de guarda no pátio e a pequena Fifi, a cachorrinha de estimação da princesa, que estava na cama ao seu lado. Assim que ela os tocava, eles adormeciam, para acordarem apenas quando chegasse a hora de sua ama despertar, a fim de estarem todos prontos para servi-la quando ela precisasse. Até os espetos que estavam no fogo, cheios de perdizes e faisões, e até o próprio fogo, adormeceram. Tudo isso foi feito rapidamente, pois as fadas nunca perdiam muito tempo em seu trabalho.

O rei e a rainha beijaram sua filha, que ainda dormia, saíram do castelo e emitiram um decreto proibindo qualquer pessoa, não importava quem fosse, de se aproximar dali. Essa ordem não era necessária, pois em um quarto de hora cresceu ao redor do parque um grande número de árvores, grandes e pequenas, bem como espinheiros tão emaranhados que nenhum homem ou animal selvagem podia atravessar. Além disso, nenhuma parte do castelo ficou visível, exceto os topos das torres, e mesmo assim somente de uma grande distância. Ninguém duvidava que aquilo também era trabalho da fada, para que a princesa ficasse protegida de curiosos durante seu longo sono.

Quando os cem anos passaram, o filho do rei que reinava na época, de uma família diferente da família da princesa adormecida, estava caçando nos arredores e quis saber o que eram as torres que ele havia visto acima das árvores de um bosque tão denso. Cada um contou a história que tinha ouvido falar. Alguns disseram que era um velho castelo assombrado por fantasmas; outros, que todas as bruxas do país celebravam ali suas cerimônias noturnas. Mas a maioria das pessoas dizia que o castelo era o lar de um ogro que levava para lá todas as crianças que capturava, a fim de comê-las tranquilamente e sem ser incomodado, pois só ele tinha o poder de atravessar o bosque.

O príncipe não sabia em que história acreditar, quando então um velho camponês falou:

– Príncipe, há mais de cinquenta anos meu pai disse que nesse castelo vivia a princesa mais bela que ele já tinha visto; ela deveria dormir durante cem anos e ser despertada pelo filho de um rei, a quem ela aguarda e está destinada.

Ao ouvir essas palavras, o jovem príncipe ficou extasiado. Ele não duvidou nem por um instante que era ele o escolhido para concluir essa famosa aventura. Impelido pelo amor e pela glória, ele decidiu, sem hesitar, ver qual seria o resultado.

Assim que se aproximou do bosque, todas aquelas árvores e espinheiros abriram caminho para ele passar. O príncipe caminhou em

Clássicos de todos os tempos

direção ao castelo, que se situava no final de uma longa avenida em que ele tinha entrado, e ficou um tanto surpreso ao ver que nenhum de seus acompanhantes pôde segui-lo, pois as árvores fechavam novamente o caminho assim que ele passava. Mesmo assim, ele seguiu seu caminho; um jovem príncipe, inspirado pelo amor, sempre é corajoso. Ele chegou a um grande pátio, onde tudo o que viu quase congelou seu sangue de tanto pavor. Um silêncio mórbido reinava ali; a morte era onipresente; em toda parte, só se viam corpos de pessoas e animais estirados, aparentemente sem vida. Ele logo descobriu, no entanto, vendo os narizes brilhantes e as faces ruborizadas dos carregadores, que estavam apenas dormindo; em seus cálices ainda restavam algumas gotas de vinho, dando provas suficientes de que adormeceram enquanto bebiam.

Ele então atravessou um grande pátio de mármore, subiu a escadaria e entrou na sala da guarda, onde os guardas permaneciam em pé, enfileirados, com suas carabinas nos ombros e roncando bem alto. Ele percorreu diversos aposentos com homens e mulheres adormecidos, alguns de pé, outros sentados. Por fim, o príncipe entrou em um aposento revestido de ouro, e numa cama cujas cortinas estavam abertas de ambos os lados, ele deparou-se com a cena mais bela que já tinha visto: uma princesa, aparentando ter quinze ou dezesseis anos, cuja esplêndida beleza radiava tanto que mal parecia pertencer a este mundo. Ele se aproximou, trêmulo e admirado, e se ajoelhou ao seu lado.

Naquele momento, o feitiço foi quebrado e a princesa acordou. Avistando o príncipe e olhando para ele com uma ternura inesperada, ela disse: – É você, príncipe? Estou há muito tempo esperando a sua chegada. – O príncipe, encantado com essas palavras, e ainda mais com o tom em que foram ditas, não sabia como expressar sua alegria e gratidão. Ele declarou que amava mais a ela do que a si próprio. Suas palavras foram confusas, porém deixaram a princesa mais do que encantada; o príncipe não era eloquente, mas tinha um enorme amor. Ele era muito mais acanhado que ela, o que não é de se admirar. A princesa teve tempo de pensar o que deveria dizer para ele, pois há motivos para crer, embora a história não mencione, que durante seu longo sono, a boa fada lhe permitiu ter sonhos muito agradáveis. Em resumo, eles conversaram

Charles Perrault

durante quatro horas sem dizer metade das coisas que tinham para dizer um ao outro.

Enquanto isso, todo o palácio havia despertado ao mesmo tempo em que a princesa. Todos se lembravam de seus deveres, e como não estavam apaixonados, estavam morrendo de fome. A dama de companhia, faminta como todos os outros, ficou impaciente e anunciou em alta voz para a princesa que a carne estava na mesa. O príncipe ajudou a princesa a se levantar; ela estava vestida de modo magnífico, mas ele tomou o cuidado de não lhe dizer que as roupas dela pareciam com as de sua avó e que sua gola estava para cima, mas isso não diminuía em nada sua beleza.

Eles entraram em um salão de espelhos, onde jantaram, auxiliados pelos oficiais da princesa. Os violinos e oboés tocaram músicas antigas, mas graciosas, embora os instrumentos não eram tocados havia cem anos. Após o jantar, sem perder tempo, o capelão celebrou o casamento dos amantes régios na capela do castelo.

Na manhã seguinte, o príncipe retornou à cidade, onde sabia que seu pai estaria preocupado esperando por ele. O príncipe lhe contou que se perdeu na floresta enquanto caçava, e que havia dormido na cabana de um lenhador, que lhe havia dado pão de centeio e queijo para comer.

Seu pai, o rei, que era um homem ingênuo, acreditou na história, mas sua mãe não se satisfez tão facilmente. Ela notou que ele passou a sair quase todos os dias para caçar, e sempre tinha uma história pronta como desculpa. Certa vez, quando o príncipe passou duas ou três noites longe de casa, sua mãe teve certeza de que ele tinha uma amante. Mais de dois anos se passaram e a princesa teve dois filhos, uma menina e um menino. A primogênita se chamava Aurora, e o menino se chamava Dia, pois era ainda mais bonito que sua irmã.

A rainha, querendo descobrir a verdade sobre seu filho, sempre lhe dizia que ele deveria encontrar uma noiva, mas ele nunca ousou confidenciar-lhe seu segredo. O príncipe amava sua mãe, mas também a temia, pois ela era da descendência de ogros, e o rei havia se casado com ela só por causa de suas grandes riquezas. Havia até rumores no palácio de que ela tinha inclinações de ogra, e que quando via criancinhas passando, tinha de se conter, com grande dificuldade, para não atacá-las. Por isso, o príncipe nunca lhe contou uma única palavra sobre o que ele fazia.

Porém, dois anos depois, quando o rei morreu, o príncipe, agora sendo seu próprio amo, anunciou publicamente seu casamento e, com grande pompa, trouxe a rainha, sua esposa, ao palácio. Ela fez uma entrada triunfante na capital, trazendo seus dois filhos, um de cada lado.

Algum tempo depois, o rei foi guerrear com seu vizinho, o imperador Cantalabute. Ele deixou a rainha, sua mãe, como regente, recomendando-lhe seriamente que cuidasse de sua esposa e de seus filhos. Ele deveria passar o verão todo no campo, e mal tinha partido quando a rainha-mãe mandou sua nora, junto com os filhos, a uma casa de campo no bosque, para poder saciar seu terrível desejo mais facilmente. Ela foi para lá alguns dias depois, e certa tarde disse para seu cozinheiro-chefe:

– Amanhã comerei a pequena Aurora no jantar.

– Ah, senhora! – exclamou o cozinheiro.

– Farei isso – disse a rainha com a voz de uma ogra faminta por carne fresca –, e a quero servida com meu molho favorito.

O pobre homem, vendo claramente que não se brincava com uma ogra, pegou seu facão e foi ao quarto da pequena Aurora. Ela tinha na época uns quatro anos, veio saltitante e sorrindo abraçá-lo e lhe pediu doces. Ele irrompeu em lágrimas, e o facão caiu de suas mãos; então voltou ao terreiro e matou um cordeirinho, o qual serviu com um molho tão delicioso que sua ama lhe garantiu nunca ter comido nada tão excelente. Enquanto ela comia, ele pegou a pequena Aurora e a entregou à sua esposa, para que ela a escondesse no alojamento que ocupava no fundo do terreiro. Uma semana depois, a rainha má disse ao cozinheiro-chefe:

– Quero comer o pequeno Dia no jantar.

Ele não respondeu, decidindo em sua mente enganá-la como antes.

Ele saiu à procura do pequeno Dia, e o encontrou com um pequeno florete na mão, lutando com um macaco, embora tivesse apenas três anos de idade. O cozinheiro levou o menino para sua esposa, que o escondeu junto com sua irmã, e então cozinhou um cabritinho muito macio no

lugar do pequeno Dia. A ogra achou o prato incrivelmente bom. Tudo ia bem até então, mas uma tarde a rainha-mãe disse ao cozinheiro-chefe:
– Gostaria de comer a rainha com o mesmo molho das crianças.
O pobre cozinheiro ficou apavorado, pois não sabia como conseguiria enganá-la. A jovem rainha tinha pouco mais de vinte anos, sem contar os cem anos que havia dormido, e sua pele já não era tão macia, embora ainda fosse branca e bela. E onde, entre todos os animais, o cozinheiro encontraria um com a idade dela para ocupar seu lugar?
Por fim, ele decidiu, para salvar sua própria vida, que mataria a rainha, e então foi ao quarto dela, determinado a cumprir seu dever sem demora. Ele reuniu sua coragem e entrou no quarto da jovem rainha empunhando sua adaga. O cozinheiro não queria, porém, apanhá-la de surpresa, então lhe repetiu com muito respeito, a ordem que tinha recebido da rainha-mãe.
– Faça seu dever – ela disse, oferecendo seu pescoço. – Obedeça às ordens que lhe foram dadas. Eu verei novamente meus filhos, meus pobres filhos, a quem amei tanto – completou, achando que eles estavam mortos desde que foram levados dela sem nenhuma explicação.
– Não, não, senhora! – respondeu o pobre cozinheiro consternado. – A senhora não morrerá, e ainda verá seus filhos novamente, mas será na minha casa, onde os escondi; enganarei a rainha-mãe novamente servindo-lhe uma corça em seu lugar.
Ele imediatamente a levou à sua casa e, deixando-a abraçar seus filhos e chorar com eles, preparou uma corça, a qual a rainha comeu no jantar com tanto apetite como se fosse a jovem rainha. Ela se alegrou com sua crueldade, e pretendia contar ao rei, quando ele voltasse, que lobos vorazes haviam devorado sua esposa, a rainha, e seus dois filhos.
Certa tarde, como de costume, enquanto perambulava pelos pátios e terreiros do castelo para farejar carne fresca, a rainha-mãe ouviu o pequeno Dia chorando em um dos quartos inferiores, pois sua mãe, a rainha, queria chicoteá-lo por uma travessura, e ela também ouviu a pequena Aurora pedindo à mãe que perdoasse seu irmão. A ogra reconheceu as vozes da rainha e de seus filhos e, furiosa por ter sido enganada, ordenou, com uma voz que fez todos tremerem, que na

manhã seguinte levassem ao meio do pátio um grande tacho que ela havia enchido de sapos, víboras, cobras e serpentes, onde deveriam ser lançados a rainha e seus filhos, o cozinheiro-chefe, sua esposa e sua criada. Ela também ordenou que eles fossem levados para lá com as mãos atadas para trás.

Eles estavam ali, e os carrascos se preparavam para lançá-los no tacho, quando o rei, que não era esperado tão cedo, entrou no pátio montado a cavalo. Ele havia galopado velozmente, e perguntou com grande perplexidade o que significava aquele espetáculo horrendo. Ninguém ousou lhe dizer, mas a ogra, enraivecida com o que viu, atirou-se de cabeça no tacho, onde foi devorada no mesmo instante pelos répteis horríveis que ela havia mandado colocar ali. O rei não pôde evitar sentir pena, pois ela era sua mãe; no entanto ele logo se consolou com sua bela esposa e filhos.

Esperar algum tempo por um esposo jovem, belo, rico e gentil pode não ser muito difícil para uma dama a quem o amor feliz tornaria. Mas, por um século, ser destinada a viver só, suponho que o número de belas a encontrar seria pequeno, as quais por tanto tempo dormiriam pacientemente.

Aos amantes que detestam perder tempo e contam os minutos como se fossem séculos, dou um recado: os que se casam depressa podem um dia se arrepender sem pressa. Porém, com ardência seguem adiante, atropelando com ímpeto a prudência. Por isso, não tenho coragem, confesso, de lembrar-lhes do exemplo da Bela.

A BELA E A FERA

Houve certa vez um comerciante que era muito, muito rico. Ele tinha seis filhos, três meninos e três meninas, e como era um homem sensato, não economizava nenhum centavo para garantir que todos recebessem uma boa educação, e contratava para eles professores de todos os tipos. Suas filhas eram todas bonitas, mas a mais nova era especialmente linda, e desde que era pequena sempre foi conhecida e chamada por "Bela". O nome continuou sendo usado enquanto ela crescia, o que provocava muito ciúme nas irmãs. A jovem era não apenas mais bonita do que as outras duas, mas também era mais gentil e amável. As filhas mais velhas se achavam muito importantes, vaidosamente orgulhosas de serem tão ricas, e não admitiam receber visita das filhas de outros comerciantes, pois só se importavam com as pessoas em alta posição social. Não passava um único dia em que elas não fossem a um baile, ou ao teatro, ou a um passeio a pé ou de carruagem pela parte mais elegante da cidade, e zombavam da caçula, que passava grande parte do tempo estudando. Essas meninas recebiam muitas propostas de casamento, feitas por comerciantes bem-sucedidos que sabiam que elas eram ricas, mas as duas mais velhas respondiam que não tinham a intenção de se casar com ninguém, a menos que um duque ou um conde se candidatassem a marido.

Charles Perrault

Bela, a mais jovem, era mais educada e agradecia aos que a pediam em casamento, mas lhes dizia que ainda era muito jovem, e que desejava ficar mais alguns anos ao lado do pai.

Então, subitamente, o comerciante perdeu toda a fortuna que possuía; não restou nada além de uma casinha modesta que ficava bem distante, no campo. Ele disse aos filhos, chorando, que seriam obrigados a partir e viver lá e mais que isso, precisariam trabalhar para se sustentar. As duas filhas mais velhas se recusaram a sair da cidade; tinham muitos admiradores, elas disseram que ficariam mais do que contentes de se casar com elas, embora elas agora não tivessem fortuna alguma. Mas as jovens senhoritas estavam redondamente enganadas, pois os admiradores não se dignificavam nem a olhar para elas, agora que eram pobres. Elas haviam atraído a antipatia de todo mundo, por causa de seu comportamento arrogante.

– Elas não merecem uma gota de piedade – era o que todos diziam.
– Estamos bem satisfeitos de ver todo aquele orgulho ser humilhado; elas que partam para o campo e virem pastoras de ovelhas.

Mas sobre Bela as pessoas falavam de outra maneira:

– Nós lamentamos muito que ela esteja com tantos problemas; é uma moça tão boa! Sempre foi tão gentil com os pobres! Sempre foi tão meiga e cortês!

Muitos pretendentes ainda queriam se casar com Bela, apesar de ela agora não ter um tostão furado, porém, ela lhes disse que não podiam nem pensar em abandonar o pai em tamanho sofrimento, e que planejava acompanhá-lo para o campo para oferecer apoio e conforto, e para ajudar no trabalho. Bela estava muito triste por ter perdido sua fortuna, mas disse a si mesma: "Não adianta nada chorar, pois as lágrimas não vão trazer a riqueza de volta; vou me esforçar para ser feliz sem ela".

Assim que todos estavam instalados na casa no campo, o comerciante e os filhos começaram a lavrar a terra. Bela acordava todos os dias às quatro da manhã, e se punha a limpar a casa e a preparar o almoço. Ela achou essas tarefas muito pesadas e exaustivas no começo, pois não tinha sido acostumada a realizar trabalho pesado; mas em dois meses ficou mais forte, e as atividades lhe deram um ar bem disposto e uma aparência saudável. Quando o trabalho chegava ao fim, ela se divertia com leitura ou música; algumas vezes, sentava-se na roda de fiar e cantarolava enquanto tecia. Enquanto isso, suas duas irmãs morriam de tédio com a pasmaceira de suas vidas; ficavam na cama até as dez horas e não faziam nada além de perambular de um lado a outro, tendo por única distração relembrar, amarguradas, os antigos amigos e as antigas roupas da moda.

– Olha só para a nossa irmã mais nova – elas diziam uma para a outra. – É tão simplória e burra que consegue ficar contente até nessa situação miserável.

O bom comerciante pensava ao contrário: ele sabia que Bela estava mais preparada para brilhar em sociedade do que as outras duas; ele admirava as qualidades de sua filha mais nova, especialmente a paciência, pois as irmãs, não contentes em deixar que ela fizesse sozinha todo o trabalho da casa, ainda aproveitavam todas as oportunidades para ofendê-la.

A família tinha vivido nessa solidão por um ano, quando chegou para o comerciante uma carta, que dizia que uma embarcação, contendo mercadorias que pertenciam a ele, havia chegado em segurança ao porto. As duas meninas mais velhas ficaram fora de si de alegria ao saber das boas notícias, pois esperavam que agora poderiam ir embora do campo. Elas imploraram ao pai, antes que ele partisse, para que na volta trouxesse para elas vestidos, chapéus, calçados e todo tipo de apetrecho para se vestirem bem de novo. Bela não pediu nada, refletindo, que todo o dinheiro que o comerciante iria receber não seria suficiente para comprar todas as coisas que as irmãs tinham encomendado.

– Não há nada que você queira que eu compre para você? – o pai perguntou.

– Já que você está sendo tão gentil em perguntar – ela respondeu –, peço que me traga uma rosa, pois aqui não temos nenhuma.

Bela não desejava de verdade uma rosa, mas não queria que seu comportamento parecesse uma crítica às irmãs, que diriam que ela não havia pedido nada apenas para demonstrar mais consideração do que elas próprias tinham tido.

Charles Perrault

O pai saiu em viagem, porém, chegando ao destino, precisou entrar na justiça para tomar posse de sua mercadoria, e após muitos transtornos, voltou para casa tão pobre quanto tinha partido. Não faltava muito para chegar e ele já estava se alegrando, antecipadamente, com o prazer de reencontrar os filhos, quando, cruzando um grande bosque, ele se perdeu. Nevava forte; o vento era tão violento que por duas vezes ele foi derrubado do cavalo, e, conforme a noite se aproximava, ele receou que morreria de frio e fome, ou que seria devorado por lobos, cujos uivos ele ouvia por todo lado. Porém, de repente, ele teve um vislumbre de uma luz, que parecia estar a alguma distância, na ponta oposta de uma longa trilha de árvores. Ele caminhou naquela direção, e logo viu que a claridade vinha de um castelo esplêndido, todo iluminado. O comerciante agradeceu a Deus pela ajuda enviada e se apressou rumo ao castelo, mas ficou deveras espantado, chegando lá, ao constatar que não havia ninguém nos jardins nem nas entradas. Seu cavalo, que o vinha seguindo, ao ver aberta a porta de um grande estábulo, entrou; encontrando feno e aveia, o pobre animal, já meio morto de tão faminto, começou a comer avidamente.

O comerciante amarrou o cavalo dentro do estábulo e seguiu para a construção, mas ainda assim não viu ninguém; ele adentrou uma ampla sala de jantar, e lá encontrou uma boa fogueira ardendo e a mesa posta para uma pessoa, forrada de comidas. Estando molhado até os ossos de chuva e neve, ele se aproximou do fogo para se secar, dizendo, enquanto isso, "O mestre desta casa, ou os criados, vão me perdoar pela liberdade que estou tomando; sem dúvida, vão aparecer em breve". Ele aguardou por um período considerável, porém, quando deu onze horas e ninguém tinha surgido ainda, ele não resistiu mais à fome que sentia; pegou uma galinha e a devorou com duas mordidas, tremendo o tempo todo. Em seguida, tomou um ou dois cálices de vinho e então, ao sentir que suas forças voltavam, deixou a sala de jantar e foi explorar o ambiente, encontrando no caminho diversos aposentos magnificamente mobiliados. Por fim, chegou a um quarto onde havia uma cama muito confortável; como agora já passava da meia-noite, e ele estava exausto, decidiu fechar a porta e se deitar.

Clássicos de todos os tempos

Eram mais de dez horas da manhã seguinte quando ele acordou e, com enorme surpresa, descobriu roupas novas penduradas no lugar das antigas, que tinham ficado totalmente imprestáveis. "Este palácio certamente pertence a uma boa fada" – ele pensou – "que, vendo a condição em que eu estava, se apiedou de mim". Ele olhou pela janela; a neve tinha sumido, e em lugar dela ele viu um caramanchão repleto de lindas flores, que eram um bálsamo para os olhos.

Ele voltou à sala de refeições onde havia jantado na noite anterior e encontrou uma mesinha com chocolate quente.

– Eu agradeço, senhora boa fada, por sua gentileza em pensar no meu café da manhã – ele disse, em voz alta.

O comerciante, após tomar o chocolate quente, saiu à procura do cavalo; quando estava passando sob um caramanchão de rosas, lembrou que Bela havia pedido que ele lhe levasse uma, então partiu um galho onde muitos botões estavam florescendo. Ele mal tinha feito isso quando ouviu um rugido muito alto e viu se aproximar uma Besta de aspecto tão horrível que ele quase desmaiou.

– Você é muito ingrato – disse a Besta, em uma voz terrível. – Eu o recebi em meu castelo e salvei sua vida, e agora você rouba minhas rosas, que eu adoro mais que qualquer outra coisa no mundo. Apenas a morte pode reparar o mal que você fez; eu lhe concedo um quarto de hora, não mais do que isso, para que você peça perdão a Deus.

O comerciante caiu de joelhos, com as mãos postas, e disse à Besta:

– Eu lhe rogo, meu senhor, que me perdoe. Não tive a intenção de ofendê-lo, ao pegar uma rosa para uma de minhas filhas, que me pediu para levar um botão.

– Não me chame de senhor – respondeu o monstro –, use simplesmente Fera. Eu não me comovo com elogios, gosto que as pessoas digam o que pensam; portanto, nem pense em me amolecer com sua bajulação. Mas você disse que tem umas filhas; perdoarei você sob a condição de que uma delas venha aqui, de livre vontade, para morrer em seu lugar. Não discuta comigo; vá! E se sua filha se recusar a morrer por você, jure que voltará pessoalmente em até três meses.

Charles Perrault

O comerciante não tinha a menor intenção de sacrificar alguma de suas filhas àquele monstro horroroso, mas pensou: "Ao menos eu terei o prazer de abraçá-las mais uma vez". Ele jurou voltar, e a Fera respondeu que ele poderia partir quando bem quisesse.

– Porém – a Fera acrescentou –, eu não quero que você saia da minha casa de mãos vazias. Volte ao quarto onde passou a noite. Lá, você encontrará uma arca vazia; você pode enchê-la com o que quiser, e eu cuidarei para que seja entregue em sua casa.

E com essas palavras o monstro se retirou. O comerciante disse a si mesmo, "Se devo morrer, então terei ao menos o consolo de deixar para meus filhos o suficiente para que se alimentem".

Ele retornou ao quarto e lá encontrou uma enorme quantidade de peças de ouro; com elas, preencheu a arca da qual a Fera tinha falado, e a trancou; montando no cavalo, que ele encontrou no estábulo, partiu do castelo com uma tristeza tão grande quanto tinha sentido, antes, ao entrar nele. O cavalo o conduziu sozinho ao longo das estradas que cruzavam a floresta, e em poucas horas o comerciante estava de volta à própria casinha.

Os filhos o rodearam; mas em lugar de ficar contente com o carinho que estava recebendo, ele começou a chorar ao olhar para eles. Ele tinha na mão o galho de rosas que tinha trazido para Bela.

– Pegue – ele disse. – Seu infeliz pai pagou muito caro por elas.

E então contou à família a triste aventura que tinha se abatido sobre ele.

As duas meninas mais velhas, ao ouvir a história, gritaram e choraram, e começaram a dizer todo tipo de coisa cruel para Bela, que não derramou uma única lágrima.

– Veja o que o orgulho dessa criaturinha desprezível provocou! – elas disseram. – Por que ela não podia pedir roupas, como nós? Mas não, ela teve que se mostrar como alguém superior! Ela é que vai ser a culpada pela morte do nosso pai, e não está nem chorando!

– Chorar teria bem pouca utilidade – Bela respondeu. – Por que eu derramaria lágrimas pela morte do meu pai? Ele não vai morrer. Como o monstro está disposto a aceitar uma das filhas, eu vou me entregar a ele, para que sobre mim ele possa descarregar sua raiva; e estou feliz em fazer isso, pois pela minha morte terei a alegria de salvar o meu pai, e de provar meu amor por ele.

– Não, irmã – disseram os três meninos –, você não há de morrer; nós vamos ao encontro do monstro e ou bem o matamos ou bem morreremos sob sua fúria.

– Nem tenham esperança de conseguir matá-lo – o pai lhes respondeu. – Pois a Fera é tão poderosa que eu receio não existirem meios de destruí-la. O coração amoroso da Bela enche o meu de gratidão, mas ela não há de ser exposta a uma morte tão terrível. Eu já sou velho e só tenho uns poucos anos de vida; vou perdê-los e lamento, mas lamento apenas por vocês, meus filhos.

– Estou decidida, meu pai – disse Bela. – Você não voltará àquele castelo sem mim; você não tem como me impedir de segui-lo. Embora eu seja jovem, a vida não tem grandes atrativos para mim, e eu prefiro ser devorada pelo monstro a morrer da tristeza que sua morte me causaria.

Os outros tentaram dissuadir Bela, mas foi em vão. Ela estava determinada a ir ao castelo; as irmãs não ficaram tristes, pois a virtude da caçula tinha provocado nelas um ciúme violento.

O comerciante estava tão arrasado de tristeza por perder a filha que se esqueceu totalmente sobre a arca que ele havia enchido com peças de ouro, porém, para seu grande espanto, assim que fechou a porta do quarto para dormir, encontrou-a ao lado da cama. Ele resolveu não contar às crianças sobre aquelas riquezas recém-obtidas, pois sabia que as filhas iriam querer que todos voltassem para a cidade, e ele estava decidido a morrer ali onde estava, no campo. Entretanto, ele confidenciou o segredo para Bela, que lhe contou que tinha havido visitantes durante a ausência do pai; entre eles, dois que estavam apaixonados pelas irmãs. Ela implorou que o pai consentisse em que as duas se casassem; pois Bela era tão bondosa que amava as irmãs e as perdoava de todo o coração por toda a rudeza com que a haviam tratado.

As duas meninas de coração empedrado esfregaram cebola nos olhos, para derramarem lágrimas quando o pai e Bela partissem; mas os irmãos choraram sinceramente, assim como o comerciante; só Bela não chorou, por receio de que suas lágrimas aumentassem o sofrimento dos demais. O cavalo tomou a estrada que levava ao castelo e, quando a noite caiu, ele apareceu, tão iluminado quanto antes. Mais uma vez o cavalo era o único no estábulo, e o comerciante entrou na ampla sala de jantar, deste vez com a filha, e lá encontraram uma mesa lindamente posta para duas pessoas.

O pai não conseguia nem pensar em comer; mas Bela, tentando ao máximo parecer contente, sentou-se à mesa e o serviu. Então ela disse para si mesma, "a Fera quer que eu engorde antes de me comer, já que está oferecendo comidas tão gostosas".

Eles tinham terminado a refeição quando ouviram um barulhão e o comerciante, chorando, disse adeus à pobre filha, pois sabia que era a Fera. Bela não conseguiu evitar um tremor quando viu a terrível figura se aproximando; mas ela tentou ao máximo não revelar seu medo, e quando a Fera perguntou se tinha ido para lá de livre vontade, ela respondeu, tremendo, que sim.

– Você é muito bondosa e fico-lhe grato por isso – disse a Fera. – Meu bom homem, amanhã pela manhã você vai partir, e não se arrisque a voltar aqui jamais.

– Até logo, Fera – respondeu Bela, e a Fera se retirou imediatamente.

– Ah, minha pobre filhinha! – disse o comerciante, apertando Bela entre os braços. – Eu já estou meio morto, de tanto medo. Ouça o que eu digo, e me deixe aqui.

– Não, meu pai – Bela respondeu, sem vacilar. – Você partirá amanhã de manhã, e vai me deixar sob a proteção dos Céus; quem sabe encontrarei piedade e ajuda.

Eles se recolheram ao quarto para descansar, imaginando que não conseguiriam dormir; mas assim que estavam na cama seus olhos se fecharam. Em sonho, apareceu para Bela uma mulher, que lhe disse:

– Muito me agrada a bondade em seu coração, Bela. Sua boa ação em dar a própria vida para salvar a de seu pai não passará sem uma recompensa.

Na manhã seguinte, Bela contou o sonho ao pai; e apesar de a história ter lhe consolado um pouco, não impediu os lamentos muito altos e sofridos que ele soltou quando, afinal, foi obrigado a se despedir de sua filha querida.

Depois que ele tinha ido embora, Bela voltou para a sala de jantar, sentou e chorou. Porém, tendo um espírito corajoso, encomendou sua alma a Deus e decidiu que não passaria na tristeza o pouquinho de vida que lhe restava; pois ela tinha certeza de que a Fera ia devorá-la naquela mesma noite. Ao contrário: resolveu caminhar pelo belo castelo onde se encontrava. Percebeu que era impossível deixar de admirar a beleza do lugar, mas a maior surpresa veio quando ela encontrou uma porta onde estava escrito "Quarto de Bela". Ela abriu a porta e ficou encantada com a elegância do cômodo, mas o que mais atraiu sua admiração foram uma estante de livros, um piano e diversas partituras de música.

– Ele não quer que eu me sinta entediada – ela disse, baixinho. Então outro pensamento lhe ocorreu: – Se eu só fosse viver aqui por um dia, não teriam sido providenciadas tantas coisas para me distrair – e essa ideia encheu Bela de um entusiasmo renovado.

Ela abriu o armário de livros e viu um exemplar onde estava escrito, em letras de ouro: "Peça o que quiser, Ordene o que desejar, Você, e apenas você, é Ama e Rainha aqui".

– Ah, pobre de mim – ela murmurou, suspirando. – A única coisa que eu quero é ver meu pai de novo, e saber como ele está, neste momento.

Bela falou isso em voz bem baixa, apenas de si para si; por isso, qual não foi sua surpresa quando, voltando-se para um grande espelho, viu imagens de casa e do pai, que acabava de chegar e tinha no rosto uma expressão muito triste; as irmãs foram na direção dele e, apesar da cara de pena que tentavam mostrar, era evidente que estavam felicíssimas por ter perdido a irmã caçula. Em um minuto a imagem desapareceu, e Bela não pôde evitar pensar que, na verdade, a Fera tinha um coração muito gentil. Bela sentiu que não precisava ter medo dele.

Ao meio-dia, encontrou a mesa posta para ela, e durante o almoço se deliciou com um concerto maravilhoso, embora não visse quem estava tocando.

Charles Perrault

No fim do dia, bem quando estava se sentando à mesa para comer, Bela ouviu a voz da Fera, e não teve como impedir que um calafrio lhe percorresse.

– Bela – o monstro disse –, você permite que eu a observe durante o jantar?

– Você é quem manda aqui – Bela respondeu, tremendo.

– Não exatamente – replicou a Fera. – Você é a dona e senhora; se eu a aborrecer, simplesmente me diga para ir embora, e eu partirei para sempre. Mas confesse: você me acha muito feio, não acha?

– É verdade – falou Bela. – Eu não posso mentir. Mas também acho você muito gentil.

– Você está certa. E, além de ser feio, também sou burro. Eu sei muito bem que sou apenas uma besta, a Fera.

– Ninguém é burro se acha que tem pouca inteligência; é o tolo que não percebe que não a possui.

– Come, Bela – o monstro lhe disse –, e tente ficar contente na sua própria casa, pois tudo aqui pertence a você. Eu lamentaria muito se você se sentisse infeliz.

– Você é pura gentileza. Eu lhe garanto que sua bondade me faz feliz; e, quando penso nisso, seu rosto não me parece mais tão feio.

– Ah, sim, eu tenho um bom coração – retrucou a Fera. – Mas apesar disso eu sou um monstro.

– Muitos homens são mais monstruosos do que você – Bela falou. – E eu gosto mais de você, com sua aparência, do que daqueles que, por trás de um rosto humano, escondem um coração falso, corrompido e ingrato.

– Se eu fosse mais inteligente – a Fera respondeu –, daria uma resposta bem bonita para retribuir as suas palavras; mas sou burro demais pra isso, e só o que consigo dizer é que fico muito grato.

Bela jantou com grande apetite. Tinha perdido quase totalmente o medo do monstro, mas quase morreu de medo quando ele perguntou:

– Bela, aceita ser minha esposa?

Ela ficou sentada por um momento sem responder; estava assustada com o risco de despertar a fúria do monstro se recusasse. Apesar disso, finalmente ela conseguiu dizer, tremendo:

Clássicos de todos os tempos

– Não, Fera.

Nessa hora o pobre monstro deu um profundo suspiro, e o som terrível que ele fez ecoou por todo o castelo, mas Bela logo se recuperou, pois a Fera, após se despedir com grande tristeza, saiu da sala de jantar, de quando em quando virando a cabeça para olhar para ela de novo.

Um enorme sentimento de compaixão pela Fera se apoderou de Bela quando ela se viu sozinha.

– Coitado! – ela disse. – É uma pena que seja tão feio, porque ele é tão bom!

Bela ficou no castelo por três meses, sentindo-se mais ou menos feliz. Toda noite, a Fera lhe fazia uma visita, e enquanto Bela jantava eles conversavam. O que ele dizia era muito sensato, embora não fosse o que o mundo considera esperto. Todos os dias, Bela descobria uma nova qualidade no monstro; acabou se acostumando com a feiura dele e, longe de temer a visita, com frequência olhava no relógio para ver se já estava perto das nove horas, pois a Fera sempre chegava pontualmente nesse horário. Havia uma única coisa que provocava tensão em Bela, e era que toda noite, antes de se retirar, o monstro perguntava se ela aceitaria tornar-se sua esposa, e sempre parecia afundar em tristeza diante da negativa dela. Uma noite, ela lhe disse:

– Você me faz sofrer, Fera; gostaria que fosse possível me casar com você, mas sou verdadeira demais para fazê-lo acreditar que uma coisa dessas poderia acontecer algum dia. Serei sempre sua amiga, tente ficar satisfeito com isso.

– Suponho que eu deva – a Fera respondeu. – Sei que sou horrível de olhar, mas eu te amo muito. Entretanto, sou muito feliz por você ter concordado em ficar aqui; prometa que nunca vai me deixar.

O rosto de Bela corou; o espelho tinha lhe mostrado que o pai estava doente de tanto sofrer com sua perda, e ela esperava poder vê-lo de novo.

– Eu prometeria sem hesitar que nunca vou deixar você, mas eu quero tanto ver meu pai mais uma vez que vou morrer de tristeza se você me recusar este prazer.

– Eu antes morreria do que provocaria em você tamanha dor – o monstro falou. – Vou mandá-la para casa e para seu pai, você ficará lá e a pobre Fera vai morrer de sofrimento pela sua ausência.

– Não – respondeu Bela, chorando. – Eu gosto demais de você para querer provocar sua morte; prometo voltar em uma semana. Você me deixou ver que minhas irmãs estão casadas e que meus irmãos entraram para o exército. Meu pai está totalmente sozinho, deixe-me ficar com ele por uma semana.

– Você estará lá pela manhã, mas lembre-se de sua promessa. Quando quiser voltar, basta deixar seu anel em cima da mesa antes de ir para a cama. Adeus, Bela.

A Fera soltou seu habitual suspiro ao dizer essas palavras, e Bela foi para cama se sentindo mal por saber do sofrimento que tinha causado nele. Quando acordou na manhã seguinte, estava em casa. Tocou a sineta que ficava ao lado da cama e entrou a criada, que deu um grito de espanto ao vê-la ali. Seu pai veio correndo ao ouvir o grito, e quase morreu de alegria quando encontrou sua filha querida, e ambos ficaram abraçados por mais de um quarto de hora.

Quando a explosão de alegria se acalmou um pouco, Bela lembrou que não tinha levado roupas, mas a criada contou que tinha acabado de encontrar uma arca no quarto ao lado, e que dentro havia vestidos feitos de ouro e bordados de diamantes. Bela agradeceu mentalmente a gentileza da Fera, por ter providenciado aquilo. Ela escolheu a peça menos cara e disse à criada para fechar os demais na arca de novo, pois pretendia dá-los de presente às irmãs; porém, assim que ela falou isso, a arca desapareceu. Seu pai comentou que a Fera, evidentemente, queria que ela guardasse todos para si mesma, e a arca e os vestidos reapareceram de imediato.

Enquanto Bela se arrumava, a notícia de sua chegada foi despachada para as irmãs, que vieram correndo com os respectivos maridos. As duas eram extremamente infelizes. A mais velha havia se casado com um homem tão lindo quanto a natureza foi capaz de fazer, mas ele era tão apaixonado pelo próprio rosto que não conseguia pensar em mais nada desde cedo até de noite, e não se importava nada com a beleza da esposa. A segunda irmã tinha se casado com um homem muito inteligente e esperto, mas que só usava essas qualidades para deixar todo mundo mal, a começar pela esposa.

As irmãs quase morreram de inveja quando viram Bela vestida como uma princesa e linda como um dia de sol. Ela cobriu as duas de carinho, mas foi em vão: nada conseguia diminuir o ciúme de ambas, que só cresceu quando ela contou como era feliz.

As duas invejosas saíram para o jardim, de modo que pudessem reclamar mais à vontade. Elas diziam uma para a outra:

– Por que essa criaturinha miserável deveria ser mais feliz do que nós? Afinal, nós não somos mais bonitas do que ela?

– Mana – disse a mais velha –, tive uma ideia: vamos manter Bela aqui além de uma semana. Aquela Fera idiota vai ficar com muita raiva por ela não cumprir o prometido, e acabará devorando a desgraçada.

– Você tem razão, mana – respondeu a outra. – Para levar adiante nosso plano, precisamos ser muito amorosas e gentis com ela.

Após combinar tudo, as duas voltaram para a casa, e foram tão afetuosas com Bela que ela chorou de alegria. Quando a semana chegou ao fim, as duas irmãs começaram a se queixar e a demonstrar grande sofrimento com a proximidade da partida, até que Bela prometeu ficar até o fim da semana seguinte. Entretanto, ela se repreendeu pela dor que causaria na pobre Fera, que ela adorava e de quem já sentia muitas saudades. Na sua décima noite ausente, ela sonhou que estava nos jardins do castelo, e que via Fera deitado na grama, aparentemente morrendo, criticando a ingratidão de Bela.

No meio da noite, Bela acordou de supetão, e chorou.

– Eu sou mesmo muito má – ela disse –, por me comportar com tanta ingratidão com a Fera, depois de ele ser tão gentil e cheio de consideração comigo! É culpa dele, ser feio e não muito esperto? Ele é bom, e isso vale mais do que qualquer coisa. Por que eu não aceitei casar com ele? Eu seria mais feliz com ele do que minhas irmãs são com os maridos delas. Não é a beleza nem a astúcia de um marido que torna a esposa feliz; e sim a bondade do caráter, a correção da conduta e a generosidade. E a Fera tem todas essas qualidades. Eu não o amo, mas eu o respeito, e sinto por ele tanto afeto quanto gratidão. Não vou fazê-lo sofrer; se eu fizesse isso, iria me recriminar até o último dos meus dias.

Com essas palavras, Bela se levantou, colocou o anel em cima da mesa e se deitou de novo. Adormeceu assim que voltou para a cama, e quando acordou, na manhã seguinte, percebeu, encantada, que estava de volta ao castelo da Fera. Ela se vestiu com capricho para agradá-lo; ela ansiava pelas nove horas, mas o tempo parecia se arrastar; afinal o relógio bateu, mas a Fera não apareceu.

Ela começou a ficar com medo de ter provocado a morte dele. Ela percorreu o castelo correndo e gritando, pois estava desesperada. Depois de vasculhar todos os cantos, recordou o sonho e foi às pressas para o jardim, perto da fonte, onde o tinha visto em seu sono. Encontrou a pobre Fera estirada na grama, inconsciente, e pensou que ele estava morto. Deixando de lado a feiura da aparência dele, ela se atirou sobre a Fera e, sentindo que o coração ainda batia, respingou um pouco de água na cabeça dele. A Fera abriu os olhos e disse para a Bela:

– Você esqueceu sua promessa; perdê-la foi um sofrimento tão grande que eu decidi parar de comer e simplesmente morrer de fome; mas morro contente, pois tive a alegria de vê-la uma vez mais.

– Não, meu amado, você não vai morrer – exclamou Bela. – Fera, você viverá para ser meu marido; eu sou sua daqui em diante, e apenas sua. Que tola eu fui, pensando que meus sentimentos por você eram os de amizade; agora eu sei, pela dor que senti, que não posso viver sem você.

Bela mal tinha acabado de pronunciar essas palavras quando o castelo ficou de repente todo iluminado, e fogos de artifício, música e todo o clima festivo indicavam a comemoração de um grande evento. Mas ela não ficou muito tempo observando aquele esplendor, e rapidamente tornou a olhar na direção do amado, com tremores de aflição ao pensar no perigo que ele havia corrido. Mas qual não foi a surpresa de Bela ao perceber que Fera tinha desaparecido! Um jovem e lindo Príncipe estava deitado a seus pés, agradecendo porque ela o havia libertado de um encanto. Embora este Príncipe fosse mais do que merecedor das atenções de Bela, ela não podia deixar de perguntar o que teria acontecido com Fera.

Clássicos de todos os tempos

– Está bem diante de seus olhos – o Príncipe respondeu.
– Uma bruxa me condenou a ter a aparência de um monstro até que uma donzela bondosa concordasse em se casar comigo; ela também me proibiu de demonstrar inteligência. Você foi a única que teve doçura suficiente para permitir que a bondade do meu coração tocasse o seu. Mesmo lhe oferecendo minha coroa, não tenho como retribuir o que você fez por mim.

Bela, agradavelmente surpresa, estendeu a mão para ajudar o Príncipe a se levantar. Eles entraram lado a lado no castelo, e Bela quase morreu de alegria quando encontrou o pai e toda a família reunidos no saguão de refeições, trazidos pela bela senhora que Bela tinha visto, muito tempo antes, em um sonho.

– Bela – disse a senhora, que era uma fada bem conhecida –, receba a recompensa de sua nobre decisão; você preferiu a virtude à beleza ou à inteligência, e por isso merece ter todas essas qualidades reunidas em uma só pessoa. Em breve, você será uma grande rainha, e eu confio que sua posição de destaque não vai diminuir seu bom feitio. Quanto a vocês – disse a fada, voltando-se para as irmãs de Bela –, eu conheço seus corações e toda a maldade que mora neles. Portanto, vocês vão virar estátuas, mas preservarão a consciência por baixo da pedra que vai envolvê-las. Vocês ficarão na entrada do palácio de sua irmã, e eu imponho a ambas ainda mais uma punição, além de serem testemunhas permanentes da felicidade dela. Vocês não vão retornar à forma atual até terem reconhecido e confessado seus erros, e eu receio que serão estátuas para sempre. Porque orgulho, raiva, pretensão e preguiça podem até ser corrigidos, mas nada menos que um milagre é necessário para transformar um coração invejoso e maléfico.

Em seguida, a fada agitou a varinha de condão, e todos os presentes foram transportados de imediato ao reino do Príncipe. Seus súditos o receberam com imensa alegria; ele se casou com Bela, que viveu ao lado dele uma vida longa e perfeitamente feliz, pois era baseada em virtude.

A PRINCESA ROSETTE

Há muito tempo atrás, um Rei e uma Rainha tinham dois filhos lindos, tão bem alimentados e cheios de energia que cresciam a olhos vistos.

Sempre que a Rainha tinha um bebê, ela mandava chamar as fadas, para saber delas como seria o futuro da criança. Após um tempo, ela deu à luz uma menina tão linda que era impossível olhar para ela e não amá-la no mesmo instante. As fadas vieram, como sempre, e a Rainha as recebeu muito bem; quando elas já estavam quase indo embora, ela pediu:

– Não se esqueçam daquele seu costume, e me contem o que vai acontecer com a Rosette – pois este era o nome da princesinha.

As fadas responderam que tinham esquecido em casa o livro das adivinhações, mas que voltariam para visitá-la.

– Ah! – disse a Rainha. – Temo que sejam maus presságios, vocês apenas não querem me assustar prevendo coisas ruins; mas eu lhes peço, contem o pior, não me escondam nada.

As fadas continuaram a dar desculpas, mas isso só deixou a Rainha mais aflita para saber a verdade. Por fim, a chefe das fadas falou:

– Nós receamos, senhora, que Rosette venha a ser a causa de uma grande desgraça que recairá sobre os irmãos; eles podem até perder a vida por causa dela. Isso é tudo que podemos dizer a respeito do destino da doce princesinha, e estamos arrasadas por não ter nada melhor a falar.

As fadas foram embora, deixando a Rainha muito triste, tão triste que o Rei percebeu, só de olhar para ela, sabia que havia algum problema. Ele perguntou o que tinha acontecido. Ela respondeu que tinha chegado perto demais do fogo, e que nesse acidente havia queimado todo o linho que estava fiando na roca.

– E é só isso? – perguntou o Rei, e subiu até a despensa, de onde trouxe para a esposa mais linho do que ela conseguiria fiar em cem anos.

Mas a Rainha continuava muito triste, e o Rei mais uma vez perguntou qual era o problema. Ela contou que tinha descido até o rio e deixado cair na água um de seus sapatos de seda verde.

– E é só isso? – perguntou o Rei, e mandou chamar todos os sapateiros do reino, e presenteou a Rainha com dez mil calçados de seda verde.

A Rainha ainda estava tristíssima; o Rei novamente perguntou qual era o problema. Ela respondeu que, de tão faminta, tinha comido apressadamente, e engolido a aliança de casamento. O Rei sabia que ela não estava sendo verdadeira, pois ele mesmo tinha afastado a aliança da comida. Ele respondeu:

– Minha querida esposa, você não está falando a verdade; aqui está sua aliança, que eu guardei na minha carteira.

A Rainha ficou desconcertada por ser flagrada em uma mentira, pois não há nada tão feio quanto mentir, e percebeu que o Rei estava tão aborrecido, que repetiu para ele o que as fadas haviam previsto sobre Rosette. Ela perguntou se ele tinha alguma ideia para resolver aquilo, e que contasse a ela. O Rei ficou bem perturbado, muito mesmo, e afinal respondeu para a Rainha:

– Eu não vejo forma de salvar nossos dois meninos, a não ser matar a pequena enquanto ela ainda está nos cueiros.

Mas a Rainha respondeu que preferiria morrer a concordar com uma crueldade daquela, e que o Rei precisava tentar achar outra solução. Mas eles não conseguiram pensar em mais nada. Enquanto refletiam, alguém contou para a Rainha que, em uma grande floresta perto da cidade, vivia um velho ermitão; ele tinha construído sua casa em uma árvore; e que vinha gente de longe e de perto para ouvir seus conselhos.

– É ele que preciso consultar – a Rainha falou. – As fadas me deram as más notícias, mas se esqueceram de me contar como consertar as coisas.

Cedo na manhã seguinte, ela partiu em sua égua branca, que usava ferraduras de ouro, levando junto duas damas de companhia, cada uma montando um belo cavalo. Quando se aproximaram da floresta, elas desceram dos cavalos, em sinal de respeito, e caminharam na direção da árvore onde o ermitão vivia. Em geral, ele não dava muita importância a visitas de mulheres, porém, quando viu que era a Rainha se aproximando, ele disse:

– Bem-vinda! O que gostaria de saber de mim?

Ela contou o que as fadas haviam dito sobre Rosette, e pediu que ele a aconselhasse. O ermitão respondeu que a Princesa deveria ser trancada em uma torre e que nunca deveria ter permissão para sair enquanto vivesse. A Rainha agradeceu, voltou e relatou tudo ao Rei, que imediatamente deu ordens para que uma enorme torre fosse construída o mais depressa possível. Nela ele acomodou a filha, porém, para que ela não se sentisse solitária e infeliz, ele, a Rainha e os dois irmãos iam visitá-la todos os dias. O irmão mais velho se chamava Grande Príncipe, e o mais jovem, Pequeno Príncipe. Eles amavam a irmã de todo o coração, pois ela era a princesa mais bonita e graciosa jamais vista, e cada olhar dela valia mais do que cem peças de ouro. Quando ela completou quinze anos, o Grande Príncipe disse ao Rei:

– Pai, minha irmã já tem idade suficiente para casar; não devemos então ter um casamento para breve?

O Pequeno Príncipe disse a mesma coisa para a Rainha, mas as Altezas riram e mudaram de assunto, e nada responderam sobre o casamento.

Então, subitamente o Rei e a Rainha adoeceram gravemente, e morreram com um intervalo de poucos dias. Houve muito pranto; as pessoas vestiram trajes de luto e todos os sinos tocaram. Rosette ficou inconsolável pela morte de sua querida mãe.

Assim que as cerimônias fúnebres terminaram, os duques e marqueses do reino conduziram o Grande Príncipe a um trono feito de ouro e diamantes; ele usava na cabeça uma coroa esplêndida, e um manto de veludo violeta bordado com imagens de sol e de lua. Então toda a corte gritou "Vida longa ao Rei!" e em todos os lugares só havia alegria.

Em seguida, o jovem Rei e o irmão disseram um para o outro:

– Agora que nós estamos no comando, vamos libertar nossa irmã da torre, onde ela ficou trancada por longos e terríveis anos.

Eles só precisavam atravessar o jardim para chegar à torre, que ficava em um dos cantos, e tinha sido construída o mais alto que era possível na época, pois os falecidos Rei e Rainha tinham planejado que ela permanecesse lá para sempre. Rosette estava bordando um belo vestido quando viu os irmãos entrando. Ela se pôs de pé e, tomando a mão do Rei, falou:

– Bom dia, Vossa Majestade. Agora você é o Rei e eu sou sua humilde súdita; rogo-lhe que me liberte desta torre, onde levo uma vida muito triste – e, dizendo isso, explodiu em lágrimas.

O Rei a abraçou e pediu que não chorasse, pois ele tinha ido precisamente para tirá-la de lá e levá-la a um castelo muito bonito. O Príncipe tinha levado no bolso diversos bombons, que ofereceu à irmã.

– Venha – ele disse –, vamos embora deste lugar horrível. O Rei em breve encontrará um bom marido para você; não fique triste nem mais um minuto.

Quando Rosette viu aquele jardim lindo, cheio de flores, frutas e fontes, ficou muda de espanto, pois nunca antes vira nada semelhante. Ela olhou em volta e foi de um lado a outro, aqui, ali e acolá; apanhou frutas das árvores e colheu flores dos canteiros, enquanto seu cãozinho, Fretillon, que era verde como um papagaio, corria na frente dizendo "au, au, au", saltava e derrubava mil plantas, e todos se divertiam com suas travessuras. Dali a pouco, ele correu para um pequeno trecho de mata; a Princesa o seguiu e lá o assombro dela ficou ainda maior, pois ela viu um grande pavão abrindo as penas da cauda. Ela o achou tão bonito, tão indescritivelmente maravilhoso, que não conseguia desviar o olhar. O Rei e o Príncipe se juntaram a ela e lhe perguntaram o que a estava encantando tanto. Ela apontou para o pavão e perguntou o que era. Eles responderam que era uma ave, e que às vezes eles a comiam.

– O quê! – ela gritou. – Que afronta, matar e comer uma ave linda como esta! Eu lhes digo: não me casarei com ninguém além do Rei dos Pavões. E, quando eu for Rainha, não permitirei que ninguém os coma.

O espanto do Rei foi tamanho, que nem pode ser descrito.

– Mas querida irmã, aonde supõe que possamos ir para encontrar o Rei dos Pavões?

– Aonde quiserem, Majestade; mas com ele, e apenas com ele, eu hei de me casar.

Uma vez tendo tomada esta decisão, ela foi conduzida pelos irmãos até o castelo; o pavão precisou ser levado junto e alojado em seus aposentos, de tanto que ela havia gostado dele. Todas as damas da corte que nunca tinham visto Rosette antes, agora se apressavam para ir visitá-la e prestar seus respeitos. Algumas levavam compotas e conservas; algumas ofereciam açúcar; outras, vestidos feitos de ouro, além de cintas e faixas, bonecas, sapatos bordados, pérolas e diamantes. Cada um dava o melhor de si para entretê-la, e ela era tão bem-educada e tão cortês, beijando as mãos deles e fazendo uma pequena mesura, quando uma coisa bonita lhe era dada de presente, que não houve um único cavalheiro nem uma única dama que não tenha se afastado dela se sentindo satisfeito e encantado. Enquanto ela estava ocupada com isso, o Rei e o Príncipe estavam dando um nó em seus cérebros, de tanto refletir sobre como poderiam encontrar o Rei dos Pavões, se é que tal figura existia no mundo. Resolveram mandar pintar um retrato de Rosette; quando ele ficou pronto, era tão próximo do real que, para ser a própria Rosette, só lhe faltava falar. Os irmãos disseram a ela:

– Já que você só vai se casar se for com o Rei dos Pavões, nós vamos juntos procurar por ele, e atravessaremos o mundo inteiro na tentativa de encontrá-lo para você. Se conseguirmos, ficaremos muito contentes. Enquanto isso, cuide do nosso reino até a nossa volta.

Rosette agradeceu a eles por todo o trabalho que iriam ter; prometeu governar bem o reino e afirmou que, durante a ausência deles, o único prazer dela seria observar o pavão e fazer o cachorrinho dançar. Os três choraram quando se despediram.

Então os dois Príncipes deram início à longa jornada, e a todos que encontravam faziam a pergunta: "Você conhece o Rei dos Pavões?", mas a resposta era sempre a mesma, "Não, não conhecemos". Então eles seguiam em frente, sempre adiante, e dessa forma viajaram para tão longe, mas tão longe, que ninguém nunca tinha ido tão longe antes.

Eles chegaram ao reino dos besouros; os besouros eram tão numerosos, e zoavam tão alto, que o Rei teve medo de ficar surdo. Ele perguntou, ao que lhe pareceu ser o mais inteligente, se ele sabia onde o Rei dos Pavões poderia ser encontrado.

– Majestade – respondeu o besouro –, o reino dele fica a quase duzentos mil quilômetros daqui; o senhor escolheu o caminho mais longo para ir até lá.

– Como você sabe? – o Rei perguntou.

– Porque nós conhecemos vossa Majestade muito bem – respondeu o besouro –, já que, todos os anos, passamos dois ou três meses em seus jardins.

Com isso, o Rei e seu irmão abraçaram o besouro, e de braços dados foram jantar juntos; os dois estrangeiros se admiraram de todas as curiosidades daquele país desconhecido, onde a menor folha de uma árvore valia um pedaço de ouro. Depois disso, seguiram sua jornada; e, tendo recebido instruções corretas sobre o caminho, logo atingiram o destino. Quando chegaram, encontraram todas as árvores repletas de pavões e, mais que isso, havia pavão por todo lado, de modo que mesmo a uma grande distância era possível ouvir quanto gritavam e o que diziam.

O Rei falou para o irmão:

Clássicos de todos os tempos

– Se o Rei dos Pavões também for um pavão, como podemos casar nossa irmã com ele? Seria tolo concordar com uma coisa dessas, e imagine os pavõezinhos que seriam nossos sobrinhos!

O Príncipe estava igualmente perturbado com essa ideia, e disse:

– É um capricho muito infeliz da parte dela. Não consigo imaginar o que a levou a pensar que existiria no mundo uma pessoa que fosse o Rei dos Pavões.

Quando eles entraram na cidade, viram que estava cheia de homens e mulheres, e que todos usavam roupas feitas de penas de pavão, e que essas penas eram evidentemente consideradas coisas muito elegantes, pois todos os lugares eram revestidos delas. Eles encontraram o Rei, que estava sendo transportado em uma bela carruagem pequena, de ouro, incrustada de diamantes, sustentada por doze pavões que avançavam a galope. O Rei dos Pavões era belíssimo, e o Rei e o Príncipe ficaram maravilhados; ele tinha cabelo longo, loiro e cacheado, uma constituição bem proporcionada, e usava coroa de penas de pavão. Assim que os viu, ele adivinhou, pelos trajes diferentes que usavam, que eram estrangeiros; desejando confirmar essa impressão, ele ordenou que a carruagem parasse, e mandou chamá-los.

O Rei e o Príncipe avançaram, curvaram-se profundamente, e disseram:

– Vossa Alteza, nós viemos de muito longe para lhe mostrar um retrato.

Eles pegaram o quadro de Rosette e o exibiram. Depois de olhar por alguns momentos, o Rei dos Pavões falou:

– Custa-me crer que exista uma donzela assim tão linda.

– Ela é mil vezes mais bonita – disse o Rei.

– Você está brincando – respondeu o Rei dos Pavões.

– Alteza – interveio o Príncipe –, este é meu irmão, um Rei como você; ele se chama Rei, e o meu nome é Príncipe; nossa irmã, retratada neste quadro, é a Princesa Rosette. Nós viemos perguntar se você quer se casar com ela; ela é bondosa e linda, e nós ofereceremos, como dote, uma fiada de coroas de ouro.

– Está muito bem – o Rei respondeu. – Eu me caso com ela de bom grado; nada lhe faltará e eu a amarei muito; porém, exijo que ela seja tão bonita quanto no retrato. Se ela for minimamente menos bonita, farei com que vocês paguem com as próprias vidas.

– Nós concordamos de bom grado também – disseram ambos os irmãos.

– Concordam? – o Rei dos Pavões acrescentou. – Pois então vocês irão para a prisão, e lá vão permanecer até que a princesa chegue.

Os Príncipes não criaram nenhuma dificuldade quanto a isto, pois tinham plena consciência de que Rosette era ainda mais bonita do que o quadro mostrava. Foram muito bem tratados enquanto estavam presos, receberam tudo que pediram e o Rei ia com frequência visitá-los. Ele mantinha o quadro de Rosette em seus aposentos, e mal despregava os olhos da bela imagem. Como o Rei e o Príncipe não puderam ir pessoalmente, escreveram para Rosette, dizendo-lhe que arrumasse as malas o mais rápido possível e partisse sem demora, pois o Rei dos Pavões estava à espera dela. Eles não comentaram nada sobre estarem presos, para não provocar preocupação.

Ao receber a carta dos irmãos, a princesa ficou que não cabia em si de tanta felicidade. Ela contou para todo mundo que o Rei dos Pavões havia sido encontrado e que aceitava casar com ela. Fogueiras foram acesas; canhões disparados; bombons e vários doces, comidos em quantidades imensas; todos que foram visitar a princesa, durante os três dias que antecederam sua partida, ganharam pão com manteiga e geleia, bolinhos e outras guloseimas. Depois de demonstrar hospitalidade com as visitas, ela deu suas lindas bonecas de presente para as melhores amigas, e passou o governo do reino para os idosos mais sábios, implorando que eles cuidassem bem de tudo, gastassem pouco e poupassem dinheiro para quando o Rei voltasse. Também pediu que tomassem conta de seu pavão, pois com ela iriam apenas uma governanta, uma irmã de criação e o cachorrinho Fretillon. Colocaram um barco no mar e levaram a fiada de coroas de ouro e vestidos suficientes para que Rosette trocasse de roupa duas vezes por dia durante dez anos. A viagem foi alegre, elas iam rindo e cantando, e a governanta a toda hora perguntava ao barqueiro se eles já estavam próximos do Reino dos Pavões; por muito e muito tempo, ele respondeu "Não, ainda não". Então, finalmente, quando ela de novo perguntou "E agora, já estamos perto?", ele respondeu "Logo estaremos lá, muito em breve". Mais uma vez ela quis saber: "Então, estamos chegando, falta pouco?", e ele disse "Sim, agora estamos quase na costa". Ao ouvir isso, a governanta foi até a ponta do barco, sentou-se perto do barqueiro e lhe disse:

– Se você quiser, pode ficar rico pelo resto da vida.

Ele falou:

– Nada me faria mais feliz.

Ela continuou:

– Se você quiser, pode fazer um bom dinheiro.

– Isso viria bem a calhar – ele respondeu.

– Bem – continuou a governanta –, então, hoje à noite, quando a Princesa estiver dormindo, você vai me ajudar a jogá-la no mar. Depois que ela tiver se afogado, eu vou vestir minha filha com as roupas de Rosette, e nós a levaremos ao Rei dos Pavões, que ficará muito contente em casar com ela; como recompensa, nós lhe daremos quantos diamantes que você quiser.

O barqueiro ficou pasmo com aquela proposta e respondeu à governanta que era uma pena afogar uma princesa tão bonita, e que ele sentia dó dela; mas a governanta pegou uma garrafa de vinho e o fez beber muito, de modo que ele ficou sem forças para recusar.

Anoiteceu e a Princesa foi para a cama como sempre, com o pequeno Fretillon deitado a seus pés sem mexer nem uma patinha. Ela dormiu profundamente, mas a governanta perversa ficou acordada, e logo foi chamar o barqueiro. Ela o levou ao quarto da princesa e juntos eles levantaram Rosette, a cama de penas, o colchão, os lençóis, a colcha e tudo, e atiraram ao mar; a princesa continuou dormindo. Felizmente, a cama era feita de penas de Fênix, que são raríssimas e têm a capacidade de boiar, então ela foi levada pela correnteza como se fosse um barco. Porém, devagar, a água começou a molhar a cama, depois o colchão, e Rosette começou a ficar inquieta, virava de um lado a outro, e Fretillon acordou. Ele tinha um olfato poderoso; assim que começou a sentir o cheiro de linguados e bacalhaus, começou a latir, e isso acordou todos os outros peixes, que começaram a nadar em volta. Os maiores trombavam com a cama da princesa, que, por não estar presa a nada, começou a girar e girar como um carrossel. Rosette não entendia o que estava acontecendo.

– Nosso barco está dançando na água? – ela perguntou. – Em geral, eu não me sinto tão zonza quanto estou hoje.

Enquanto isso, Fretillon continuava agitado como se tivesse enlouquecido. A governanta malvada e o barqueiro ouviam os latidos de longe, e disseram:

– Lá está aquele diabinho engraçado brindando com a dona à nossa saúde. Vamos nos apressar para atracar – pois agora eles estavam em frente à cidade do Rei dos Pavões.

Ele tinha enviado cem carruagens para o atracadouro; elas eram puxadas pelos mais raros animais: leões, ursos, veados, lobos, cavalos, touros, asnos, águias e pavões, e a carruagem destinada à princesa estava ocupada por seis macacos azuis que sabiam saltar, dançar na corda bamba e fazer um sem-número de truques inteligentes; eles usavam arreios de veludo carmesim cobertos com plaquetas de ouro. Sessenta damas de companhia também estavam presentes; elas tinham sido escolhidas pelo Rei para entreter a princesa e vestiam as mais variadas cores; ouro e prata eram os materiais menos preciosos de seus adornos.

A governanta tinha se esforçado para vestir a filha com bom gosto; colocou nela o mais belo manto de Rosette e a enfeitou da cabeça aos pés com os diamantes da princesa; entretanto, apesar de tudo isso, ela ainda era tão feia quanto um macaco, com cabelos seborosos, olhos vesgos, pernas tortas e, nas costas, uma corcunda; para completar essa lista de deformidades, ela ainda por cima tinha um temperamento desagradável e mal-humorado, e estava sempre resmungando.

Quando ela saiu do barco, as pessoas ficaram tão estupefatas com sua aparência que não conseguiram dizer uma palavra.

Clássicos de todos os tempos

– O que significa isso? – ela falou. – Vocês estão dormindo? Mexam-se, e me tragam algo pra comer. Belo bando de vagabundos, isso sim! Vou mandar enforcar todos vocês.

Ao ouvir isso, os presentes murmuraram:

– Que criatura horrível! Ela é tão malvada quanto feia! Ora, mas que boa esposa para o nosso Rei... Bem, não estamos surpresos, mas mal valia o esforço de mandar trazer essa daí lá do outro lado do mundo.

Enquanto isso ela continuava se comportando como se já fosse ama e patroa de todo mundo e de todas as coisas; por qualquer coisinha, saía distribuindo tapas na orelha e pancadas em quem estivesse ao alcance.

Como a comitiva era muito grande, a procissão avançava devagar, e ela ficou aboletada na carruagem como uma rainha; os pavões, empoleirados nas árvores para fazer a saudação quando ela passasse, e que tinham se preparado para gritar "Vida longa à bela Rainha Rosette!", assim que a viam só conseguiam piar, miudinho, "Credo, como ela é feia!". Isso a enfureceu, então ela chamou os guardas e ordenou:

– Matem aqueles pavões ignóbeis que estão me insultando!

Mas os pavões saíram voando bem rápido e dando risada. O barqueiro traidor, vendo e ouvindo tudo aquilo, disse para a governanta, num sussurro:

– Tem alguma coisa errada; você é uma boa mãe, mas sua filha deveria estar mais bonita.

Ela respondeu:

– Segura a língua, seu idiota, ou vamos acabar encrencados.

O Rei foi avisado sobre a princesa estar se aproximando.

– Bem – ele disse –, e os irmãos dela, contaram a verdade para mim? Ela é mesmo mais bonita do que no retrato?

– Majestade – responderam os que estavam perto dele – nada ficará a desejar, se ela for apenas tão bonita quanto no quadro.

– Vocês têm razão – respondeu o Rei. – Ficarei satisfeito se for assim. Venham, vamos vê-la – pois ele percebeu, pelo burburinho, que ela havia chegado.

Charles Perrault

No meio de tantos murmúrios, a única coisa que ele conseguia entender era "Credo, como ela é feia!", e imaginou que as pessoas estivessem falando de algum anão ou bichinho que ela tivesse trazido junto, pois nunca lhe passou pela cabeça que aquelas palavras se referissem à própria princesa.

O retrato de Rosette foi transportado sem capa, pendurado no alto de uma longa haste, e o Rei foi andando atrás de um modo solene, com todos os seus pavões e os nobres de sua corte, seguidos por embaixadores de vários reinos. O Rei dos Pavões estava muito impaciente para conhecer sua amada Rosette, porém, quando de fato a viu... Bem, ele por pouco não morreu na mesma hora! Teve um violento ataque de fúria, rasgou as roupas e não se aproximou dela de forma nenhuma; de fato, sentia até um pouco de medo da criatura.

– O quê! Aqueles dois patifes que estão presos tiveram a coragem e a imprudência de me fazer de tolo, e de me oferecer a mão de uma coisa horrorosa dessas? Pois serão ambos mortos; e que esta mulher insolente, a governanta dela e o homem que está com as duas sejam imediatamente levados à masmorra da mais alta dentre minhas torres, e lá trancafiados.

Enquanto tudo isso estava acontecendo, o Rei e o Príncipe, que sabiam que Rosette era esperada para qualquer momento, haviam vestido suas melhores roupas para recebê-la; porém, em lugar de a porta ser aberta, para eles serem libertados conforme esperavam, o carcereiro chegou com um batalhão de soldados e os obrigou a descer para um porão escuro, com água até o pescoço, e cheio de répteis horrorosos. Ninguém jamais ficou tão surpreso nem aflito como eles, nessa ocasião.

– Ora – um disse ao outro –, mas esta é de fato uma festa de casamento muito triste para nós. O que pode ter acontecido, para que nos tratem tão mal?

Eles não tinham a menor ideia do que estava ocorrendo nem sabiam o que pensar, só que iam ser mortos, e isso os deixavam muito penalizados. Três dias se passaram sem que nenhuma notícia chegasse até eles. Ao fim deste período, o Rei dos Pavões veio e através de um buraco na parede começou a gritar insultos contra os dois.

Clássicos de todos os tempos

– Vocês afirmaram que eram Rei e Príncipe para me atrair para sua armadilha e ficar noivo de sua irmã, mas vocês não passam de dois estrupícios que não valem nem a água que tomam. Vou levar vocês perante os juízes, que em breve vão emitir um veredito a respeito. A corda para enforcá-los já está sendo preparada.

– Rei dos Pavões – respondeu o Rei, muito bravo –, não tome atitudes extremas, ou poderá se arrepender. Eu sou um Rei tanto quanto você, e tenho um reino bem razoável, além de trajes elegantes e coroas, para não falar das peças de ouro. Você só pode estar brincando ao falar dessa forma sobre nosso enforcamento; por acaso nós roubamos algo de você?

Quando o Rei o ouviu falar com tanta coragem, não soube o que pensar, e se sentiu um pouco tentado a poupá-los da morte e deixar que eles e a irmã partissem; mas o conselheiro real, um rematado bajulador, dissuadiu o Rei de tal ideia, dizendo que, se ele não vingasse a ofensa que lhe tinha sido feita, o mundo inteiro zombaria dele e o olharia com ares de superioridade, como se ele não passasse de um reizinho miserável que só valesse meia dúzia de cobres. O Rei logo jurou que jamais os perdoaria, e ordenou que fossem de imediato levados a julgamento. Não demorou quase nada; os juízes só precisaram olhar para o retrato de Rosette e depois para a princesa que tinha chegado e, sem vacilar, decidiram que as cabeças dos prisioneiros fossem cortadas, como castigo por terem mentido ao Rei, já que haviam prometido uma linda Princesa e tinham apresentado apenas uma camponesa feiosa. Com toda a pompa e circunstância, eles se dirigiram até a prisão e leram a sentença para os condenados. Mas os prisioneiros declararam que não tinham mentido, que a irmã era mesmo uma princesa e realmente mais linda que um dia de sol; que certamente estava acontecendo algo que eles não entendiam; e pediram um adiamento de sete dias, alegando que antes desse prazo a inocência deles seria comprovada. O Rei dos Pavões, que a esta altura estava nos píncaros da ira, só com muita dificuldade pôde ser convencido a conceder esta graça, mas, no fim, concordou.

Enquanto essas coisas estavam se desenrolando na corte, precisamos revelar o que se passava com a pobre Rosette. Tanto ela quanto Fretillon ficaram espantadíssimos quando, ao raiar do dia, perceberam que estavam no meio do mar, sem o barco, e distantes de qualquer ajuda. Ela começou a chorar, e foi um choro tão sentido, que até os peixes tiveram pena dela; ela não sabia o que fazer nem o que iria lhe acontecer.

– Não resta a menor dúvida de que o Rei dos Pavões mandou que me atirassem ao mar. Tendo se arrependido da promessa de casar comigo, e tentando se livrar de mim discretamente, ordenou que me afogassem. Que homem estranho! – ela continuava choramingando – Eu o teria amado tanto e nós teríamos sido tão felizes juntos – e com isso começou um choro novo, pois ainda o amava e não podia evitar.

Ela ficou boiando sem rumo no mar por dois dias, molhada até os ossos e quase morta de frio; estava tão entorpecida que, se não fosse pelo pequeno Fretillon, que deitou a seu lado e a manteve minimamente aquecida, ela não teria sobrevivido. Ela estava faminta, e quando viu ostras dentro de suas conchas, pegou várias e as comeu todas; Fretillon também comeu, para se manter vivo, apesar de não gostar daquele tipo de comida. Rosette ficava ainda mais assustada quando anoitecia.

– Fretillon – ela pediu –, continue latindo para afastar os linguados, pois tenho medo de que eles nos comam.

Então Fretillon latiu a noite toda, e quando o dia nasceu, a princesa estava boiando perto da costa. Neste ponto, bem perto do mar, vivia um homem velho e bondoso; ele era pobre e não dava importância às coisas mundanas; ninguém nunca visitava sua cabaninha. Ele ficou bem espantado quando ouviu os latidos de Fretillon, já que cães jamais iam naquela direção; ele pensou que fossem viajantes perdidos, e foi para fora com a gentil intenção de colocá-los no caminho certo de novo. De repente ele viu a princesa e Fretillon boiando no mar, e Rosette, ao vê-lo, esticou os braços e gritou:

– Bom homem, por favor me salve, ou vou morrer; faz dois dias que estou desse jeito aqui na água.

Quando a escutou falando daquele jeito tão amargurado, ele sentiu muita pena dela; voltou para a cabana e pegou um longo gancho; em seguida entrou bem fundo, até que a água estava em seu pescoço, e uma ou duas vezes escapou por pouco de se afogar. Porém, finalmente, conseguiu arrastar a cama para a praia. Rosette e Fretillon ficaram exultantes por estar novamente em terra seca e firme, e repletos de gratidão para com o bondoso senhor. Rosette se embrulhou na colcha e caminhou descalça para dentro da cabana, onde o anfitrião usou palha para acender uma pequena fogueira. Depois, tirou de um baú um dos melhores vestidos de sua falecida esposa, também meias e sapatos, e entregou tudo para a princesa. Mesmo vestindo as roupas de uma camponesa, ela ainda era linda como um dia de sol, e Fretillon saltava em torno dela para fazê-la rir. O senhor imaginou que Rosette devia ser uma grande dama, pois sua cama era bordada com ouro e prata, e o colchão era de seda. Ele pediu que ela lhe contasse sua história, prometendo que nunca a repetiria para ninguém se esse fosse o desejo dela. Então Rosette relatou tudo que lhe tinha ocorrido, chorando amargamente enquanto falava, porque ainda pensava que tinha sido o Rei dos Pavões quem ordenara que ela fosse afogada.

– O que vamos fazer, minha criança? – o senhor perguntou. – Você é uma princesa e está acostumada ao melhor de tudo, e eu tenho muito pouco a oferecer, só pão preto e rabanete. Mas, se você me autorizar, vou até o Rei dos Pavões contar que você está aqui; uma vez que ele tenha te visto, certamente vai querer se casar com você.

– Pobre de mim! Ele é um homem mau – Rosette respondeu. – Se soubesse que eu estou aqui, mandaria me matar; mas, se o senhor puder me emprestar um cesto pequeno, vou amarrar no pescoço do Fretillon, e ai dele se voltar aqui sem trazer um pouco de comida.

O velho bondoso lhe entregou um cestinho e ela o amarrou no pescoço de Fretillon, dizendo em seguida:

– Procure a melhor cozinha da cidade, e me traga o que encontrar na panela.

Fretillon saiu em disparada e, como não havia melhor cozinha do que a do Rei, foi para lá que ele correu; descobriu a panela e espertamente carregou tudo que tinha dentro, e voltou para a cabana. Rosette lhe disse:

– Volte para a cidade e traga tudo que puder encontrar na melhor despensa.

Fretillon voltou à despensa do Rei e pegou pão branco, vinho, frutas e guloseimas; o cesto ficou tão pesado que ele mal conseguiu carregar tudo para casa.

Quando chegou a hora do jantar do Rei dos Pavões, não tinha sobrado nada nas panelas nem na despensa; os criados olharam desconfiados uns para os outros, e o Rei ficou muito bravo.

– Parece, então, que não haverá jantar; mas cuidem de colocar o espeto no fogo, e me sirvam um pouco de rosbife na ceia.

Quando anoiteceu, a princesa disse ao cãozinho:

– Vá à melhor cozinha na cidade e me traga um bom pedaço de rosbife.

Fretillon obedeceu; como não conhecia cozinha melhor do que a do Rei, voltou lá. Entrou silenciosamente e, enquanto os cozinheiros estavam de costas, tirou a carne do espeto; era um pedaço de rosbife da maior qualidade, e ele o levou para a princesa em seu cestinho. Sem demora ela o mandou de volta à despensa, de onde ele retirou todas as conservas e compotas que tinham sido preparadas para o Rei.

O Rei, que não tinha jantado, estava faminto, e ordenou que a ceia fosse servida cedo, mas não havia ceia nenhuma a caminho; colérico além de todos os limites, ele foi dormir com fome.

A mesma coisa aconteceu no dia seguinte, tanto no almoço quanto no jantar, de modo que, por três dias, o Rei não teve nada para comer nem para beber, pois sempre que se sentava à mesa, descobria-se que a refeição preparada havia sido roubada. O conselheiro real, temendo pela vida do Rei, se escondeu em um canto da cozinha e ficou observando fixamente a panela que fervia em cima do fogo; qual não foi sua surpresa quando ele viu entrar um cachorrinho verde, com uma só orelha, que abriu a panela e colocou a carne no cesto que trazia no pescoço! Ele seguiu o cão para ver aonde ele ia; viu quando Fretillon saiu da cidade e continuou a segui-lo até que ele entrou na cabana do velhinho. Em seguida ele voltou e contou ao Rei que era para a casa de um pobre camponês que a comida estava sendo levada dia e noite. O Rei ficou muito espantado e ordenou que novas investigações fossem feitas. O conselheiro bajulador, ansioso por receber as graças reais, resolveu ir pessoalmente, levando junto um grupo de arqueiros. Eles encontraram o senhor e Rosette almoçando, comendo toda a carne que tinha sido roubada da cozinha do Rei; prenderam o grupo todo, amarraram com cordas e até Fretillon foi feito prisioneiro.

Informaram ao Rei que os delinquentes tinham sido capturados e ele respondeu:

– Amanhã é o último dia do prazo concedido aos meus dois prisioneiros insolentes; eles e estes ladrões vão morrer juntos.

Então ele foi até a corte de justiça. O bondoso senhor se atirou aos pés do Rei e implorou pela permissão de lhe contar tudo. Enquanto ele falava, o Rei olhou para a bela princesa, e ficou comovido ao vê-la chorando. Quando o velho senhor disse que ela era a princesa Rosette e que havia sido jogada na água, o Rei, apesar de fraco pela prolongada falta de alimento, deu três pulos de alegria, correu até ela, abraçou-a e cortou as cordas, enquanto declarava que a amava de todo o coração.

Eles foram imediatamente atrás dos Príncipes, que, pensando que seriam levados ao cadafalso, se apresentaram em profunda tristeza e com as mãos estendidas; a governanta e a filha dela foram trazidas ao mesmo tempo. Os irmãos e a irmã se reconheceram assim que foram postos frente a frente, e Rosette se atirou para abraçá-los. A governanta, a filha e o barqueiro suplicaram de joelhos que tivessem misericórdia deles, e a alegria que tomou conta de todos foi tão imensa que o Rei e a Princesa os perdoaram; deram uma bela recompensa ao bondoso senhor, que daquele dia em diante continuou a viver no castelo.

Por fim, o Rei dos Pavões fez tudo que estava em seu poder para se redimir por seu comportamento com o Rei e o irmão, expressando o mais profundo arrependimento por tê-los tratado tão mal. A governanta devolveu para Rosette todas as suas belas roupas e a fiada de coroas de ouro, e as comemorações do casamento duraram quinze dias. Todo mundo ficou feliz, até Fretillon, que pelo resto da vida nunca mais comeu nada além de perdizes.

A RÃ BONDOSA

Era uma vez, um Rei que durante muitos anos esteve em guerra contra os reinos vizinhos; grandes quantidades de batalhas tinham sido travadas, e por fim o inimigo cercou a capital. O Rei, temendo pela segurança da Rainha, implorou para que ela fugisse para um castelo fortificado, o qual ele mesmo só tinha visitado uma vez. A Rainha tentou, com súplicas e lágrimas, convencer o marido a permitir que ela ficasse ao lado dele e compartilhasse seu destino, e foi dando gritos de sofrido lamento que ela foi posta na carruagem pelo Rei para ser levada embora. Ele ordenou que guardas a acompanhassem e prometeu visitá-la assim que possível. Estava tentando consolar a esposa com essa promessa, apesar de saber que havia pouca chance de cumpri-la, pois o castelo ficava muito distante e era cercado por uma floresta densa, e só quem conhecesse muito bem as estradas seria capaz de encontrar o caminho.

A Rainha se separou do marido com o coração partido por deixá-lo exposto aos perigos da guerra; dividiu a viagem em vários trechos curtos, para que a fadiga de tão longa expedição não a deixasse doente; por fim, chegou ao castelo, sentindo-se deprimida e aflita. Quando tinha descansado o suficiente, ela perambulou pelos campos próximos, mas não encontrou nada que despertasse seu interesse ou distraísse seus pensamentos. De ambos os lados, viu apenas um deserto que se estendia até onde a vista alcançava, e observá-lo lhe causou mais sofrimento do que alívio; com grande tristeza ela observou o entorno e exclamou, algumas vezes:

– Quanta diferença entre este lugar e aquele onde passei a vida toda! Se eu ficar muito tempo aqui, acabarei morrendo! Com quem eu vou conversar, nesta solidão? Com quem vou dividir meus problemas? O que eu fiz ao Rei, para que ele me banisse? Ao me exilar neste castelo maldito, parece que ele quer me fazer sentir com força máxima a completa amargura da nossa separação.

Assim ela lamentava; e embora o Rei lhe escrevesse diariamente, e enviasse boas notícias sobre o cerco, ela ficava cada vez mais infeliz, e por fim resolveu voltar para ele. Entretanto, sabendo que os guardas que lhe serviam tinham recebido ordens de não a levar de volta, ela manteve a decisão em segredo; ordenou, porém, que uma pequena carruagem fosse construída para ela, na qual só houvesse lugar para uma pessoa, dizendo que, de vez em quando, gostaria de acompanhar as caçadas. Ela mesma conduzia, e seguia os cães de caça tão de perto que os caçadores acabavam ficando para trás; com isso, ela tinha o controle exclusivo da carruagem, e podia escapar quando bem quisesse. A única dificuldade era que não conhecia as estradas que cruzavam a floresta; mas ela confiava na bondade da Providência para conseguir atravessar a mata em segurança. Ela ordenou que se organizasse uma grande caçada, e que todos participassem; ela seguiria na própria carruagem, e cada um deveria seguir uma rota diferente, para que não houvesse possibilidade de fuga para as bestas selvagens. Tudo foi providenciado segundo as ordens dela. Acreditando que em breve reencontraria o marido, a jovem Rainha se vestiu com o maior capricho possível; o chapéu recoberto de penas coloridas, o vestido bordado com pedras preciosas e sua beleza incomum fizeram-na parecer, assim enfeitada, uma nova versão de Diana, a deusa romana da caça.

Clássicos de todos os tempos

Enquanto todos estavam entretidos com os prazeres da caça, ela soltou as rédeas, estimulou os cavalos com a voz e o chicote, e logo o trote virou galope; depois ela retirou os freios da boca dos animais, e então eles passaram a voar em tal velocidade que a carruagem parecia feita de vento, e mal era possível segui-la com os olhos. Tarde demais, a coitada da Rainha se arrependeu de ter agido por impulso:

– Mas o que é que eu estava pensando? – ela se perguntou. – Como pude imaginar que seria capaz de controlar cavalos tão selvagens e vigorosos? E agora, o que será de mim? O que o Rei iria fazer se soubesse do perigo que estou correndo, ele, que tanto me ama, e que só me mandou para longe para que eu tivesse mais segurança! E é assim que eu retribuo todo o cuidado e o carinho dele!

Os comoventes lamentos ressoavam no ar; ela implorou aos Céus, convocou as boas fadas para ajudá-la, mas parecia que todos os poderes a tinham abandonado. A carruagem estava tombada e destruída; a Rainha não teve suficiente força para saltar a tempo, e ficou com o pé preso entre a roda e o eixo; só não morreu por milagre.

Ela permaneceu estirada no solo aos pés de uma árvore; seu coração mal batia e ela não conseguia falar; o rosto estava coberto de sangue. Ficou deitada assim por muito tempo; quando finalmente abriu os olhos, viu em pé, diante de si, uma mulher de estatura gigantesca, vestindo apenas uma pele de leão, com os braços e as pernas nus, o cabelo amarrado com uma pele de cobra e a cabeça do animal balançando sobre seus ombros; na mão, ela trazia um cajado feito de pedra, que servia como bengala, e um coldre cheio de flechas amarrado na lateral. Quando a Rainha viu tal figura extraordinária, teve certeza de estar morta, pois não achou que era possível ter sobrevivido a um acidente tão grave; em voz baixa, ela disse a si mesma:

– Não me surprende que seja tão difícil decidir morrer, uma vez que é tão assustador o que há para se ver do outro lado.

A giganta, que ouviu o murmúrio, não conseguiu segurar uma risada diante da ideia da Rainha de que tinha morrido.

Charles Perrault

– Coragem – ela lhe disse. – Por enquanto você ainda está entre os vivos; mas nem por isso seu destino é menos triste. Eu sou a Fada Leoa, cuja residência é perto daqui; você vai vir morar comigo.

A Rainha olhou para ela cheia de tristeza, e falou:

– Madame Leoa, se a senhora puder fazer a gentileza de me levar de volta ao meu castelo, e informar ao Rei quanto exige de resgate, ele me ama tanto que não se recusará a lhe dar até mesmo metade do reino.

– Não – a giganta respondeu. – Eu já sou rica o suficiente, mas nos últimos tempos minha vida solitária vem me entediando demais; você é inteligente, talvez seja capaz de me divertir.

Ao terminar de falar, ela se transformou em uma leoa, colocou a Rainha nas costas e a carregou para as profundezas de sua caverna; lá, esfregou a Rainha com um unguento que rapidamente cicatrizou todas as suas feridas. Mas que surpresa e que infelicidade para a Rainha encontrar-se naquela moradia assustadora! Só era acessível por dez mil degraus, que desciam rumo ao centro da Terra; a claridade era bem pouca, e vinha de diversas lamparinas altas que se espelhavam no lago de mercúrio. Este lago era repleto de monstros, cada um aterrorizante o suficiente para matar de medo uma rainha menos corajosa; havia corujas, corvos e outras aves de mau agouro, que enchiam o ar com pios que não se harmonizavam nem um pouco; mais adiante, via-se a encosta de uma montanha de onde escorriam, vagarosas, águas de um riacho formado por todas as lágrimas derramadas por amantes infelizes, dos reservatórios de seus tristes amores. As árvores não tinham folhas nem frutos e o chão coberto de malmequeres, sarças e urtigas.

A comida correspondia ao clima daquele lugar miserável, pois, para acalmar a fome dos que caíam em suas mãos, só o que a Fada Leoa oferecia eram algumas raízes secas, um punhado de castanhas e frutos espinhentos de figueira brava.

Assim que a Rainha estava recuperada o suficiente para trabalhar, a fada lhe disse que poderia começar a construir pessoalmente uma cabana para si mesma, já que ela viveria ali pelo resto da vida. Ao ouvir isso, a Rainha não pôde mais conter as lágrimas.

– Ah, mas o que foi que eu lhe fiz, para que você me mantenha presa aqui? Se a minha morte, que eu sinto que se aproxima, vai lhe dar prazer, então imploro que me mate, e essa é toda a bondade que me arrisco a esperar de sua parte; mas não me condene a passar uma vida longa e melancólica longe do meu marido.

A Leoa olhou para a Rainha com desprezo e disse que o melhor a fazer era enxugar as lágrimas e tentar agradar; porque, se agisse de outra forma, ela seria a pessoa mais desgraçada do mundo.

– O que eu devo fazer, então, para amansar seu coração? – quis saber a Rainha.

– Sou fã de torta de mosca – disse a Leoa. – Você deve encontrar meios de conseguir uma quantidade suficiente delas para assar pra mim uma torta de mosca doce e saborosa.

A Rainha respondeu:

– Mas não vejo moscas por aqui e, mesmo que houvesse, não é fácil capturá-las; e ainda que eu conseguisse apanhar algumas, eu nunca na vida assei uma torta, então você está me dando ordens que para mim é impossível executar.

– Não importa – disse a Leoa, indiferente. – O que eu desejo ter, eu terei.

A Rainha não respondeu; ela pensou consigo mesma: a fada é cruel, mas o que eu tenho a perder? Apenas esta vida. Diante da situação em que me encontro agora, o que terei a recear, na morte?

Portanto, em lugar de ir caçar moscas, ela se sentou sob uma árvore e começou a chorar e reclamar.

– Ah, meu marido amado, quanta tristeza você vai sentir quando voltar ao castelo para me buscar e descobrir que não estou lá; você vai achar que eu morri ou que fui infiel, mas, se eu lhe causasse sofrimento, seria pelo fim da minha vida, nunca do meu amor; talvez alguém encontre os destroços da minha carruagem na floresta e os enfeites que vesti para agradar você; ao vê-los, não haverá dúvida de que estou morta; e como posso pedir que você não entregue a outra pessoa o amor que antes era por mim? Pelo menos eu não terei a infelicidade de saber que seu coração não mais me pertence, já que nunca mais voltarei ao mundo.

Ela teria continuado murmurando ali sozinha por bastante tempo, se não tivesse sido interrompida pelo discreto crocitar de um corvo pousado acima de sua cabeça. Ela ergueu os olhos e na pouca claridade viu um grande corvo prestes a engolir uma rã presa em seu bico.

– Apesar de não ver nenhuma solução para mim mesma – ela disse –, não vou permitir que esta pobre rã morra, se eu puder salvá-la; ela está sofrendo tanto na situação dela quanto eu estou na minha, embora as situações sejam bem diferentes.

Então, pegando o primeiro graveto que encontrou, fez com que o corvo soltasse sua presa. A rã correu pelo chão e depois ficou paralisada por um tempo, muito assustada, mas logo recuperou seu tradicional bom senso e começou falar. Ela disse:

– Bela Rainha, você é a primeira pessoa bondosa que vejo desde que minha curiosidade me trouxe até aqui.

– Por qual poder maravilhoso você tem a capacidade de falar, pequena Rã? – perguntou a Rainha. – E que tipo de gente você vê aqui? Pois eu ainda não vi ninguém.

– Todos os monstros que vivem no lago – respondeu a pequena Rã – um dia pertenceram ao mundo: uns ocupando tronos, outros em altas posições na corte; existem até algumas nobres damas que provocaram disputas ferozes e grandes derramamentos de sangue; são elas que você vê transformadas em sanguessugas; o destino as condenou a ficar aqui por um período, mas ninguém que venha para cá volta para o mundo melhor nem mais sábio.

– Eu posso bem entender – disse a Rainha – que muita gente má, quando reunida, não ajude ninguém a ser melhor; mas e você, minha pequena amiga Rã, o que está fazendo aqui?

Clássicos de todos os tempos

– Foi a curiosidade que me trouxe. Sou metade fada, e meus poderes são limitados para algumas coisas, mas bem amplos em relação a outras; se a Fada Leoa soubesse que estou em seus domínios, ela me mataria.

– Sendo fada ou meio fada, eu não entendo como você pode ter caído nas garras do corvo, a ponto de ser quase devorada – disse a Rainha.

– Posso explicar em poucas palavras – respondeu a Rã. – Quando estou com minha touca de rosas, não tenho medo de nada, pois a maior parte do meu poder vem dela; infelizmente, eu a deixei no brejo, quando aquele corvo horrível me agarrou. Se não fosse pela senhora, madame, eu não existiria mais. E, como salvou minha vida, só precisa ordenar, e farei tudo que estiver ao meu alcance para atenuar seu sofrimento.

– Ah, querida Rã! – a Rainha falou. – A fada malvada que me mantém presa, quer que eu asse para ela uma torta de mosca; mas não tem mosca aqui e, mesmo que tivesse, não vejo como eu poderia pegá-las; portanto, estou correndo o risco de ser morta.

– Deixa comigo – replicou a Rã. – Em breve eu trarei algumas pra você.

Dizendo isso, a Rã esfregou açúcar no corpo, e mais de seis mil de suas amigas rãs fizeram o mesmo; em seguida, foram para um lugar onde a fada mantinha um estoque enorme de moscas, com o objetivo de atormentar algumas de suas vítimas infelizes. Assim que sentiram o cheiro do açúcar, elas voaram na direção ao local e ficaram presas nas rãs, em seguida as gentis ajudantes voltaram depressa para a Rainha. Nunca antes tinha ocorrido uma caça às moscas tão grande, nem uma torta mais gostosa, do que aquela que a Rainha preparou para a fada. A Leoa ficou agradavelmente surpresa quando a Rainha lhe entregou o assado, e não conseguiu imaginar qual tinha sido o truque dela para conseguir pegar tantas.

A Rainha, encontrando-se exposta aos malefícios daquela atmosfera venenosa, cortou uns galhos de cipreste para construir um abrigo. A Rã generosamente ofereceu ajuda; liderou todos os que, mais cedo, tinham ido caçar moscas, e juntos construíram a mais bela cabaninha que o mundo já viu. Porém, mal tinha ela se encostado para descansar um pouco, os monstros, invejosos de sua tenda, começaram a fazer uns ruídos medonhos, quase a levaram à loucura.

Ela se levantou, tremendo e cheia de medo, e saiu da cabana: isso era exatamente o que os monstros queriam. Um dragão, que no passado tinha sido o tirano de um dos melhores países do universo, imediatamente tomou posse do lugar.

A pobre Rainha começou a reclamar que aquilo era injusto, mas ninguém lhe dava ouvidos; os monstros gargalhavam e vaiavam, e a Fada Leoa lhe disse que, se ela viesse de novo ensurdecê-la com suas queixas, lhe daria uma surra. A Rainha, então, foi forçada a fechar a boca e a buscar refúgio com a Rã, que era a criatura mais gentil do mundo. Elas choraram juntas; pois, assim que a Rã vestia a touca de rosas, tornava-se capaz de rir e de chorar como qualquer um.

– Tenho tanto carinho por você – ela falou para a Rainha –, que vou reconstruir sua casa, mesmo que com isso eu leve todos os monstros do lago ao desespero.

A Rã imediatamente cortou um pouco de madeira, e o pequeno palácio rústico da Rainha foi levantado de novo com tanta rapidez que ela pôde dormir nele naquela mesma noite. A Rã, que pensava em tudo para que a Rainha tivesse o maior conforto possível, construiu para ela uma cama, feita de tomilho, uma erva aromática selvagem. Quando a fada malvada descobriu que a Rainha não tinha dormido no chão, mandou que fossem chamá-la e disse:

– Quem são os deuses ou homens que protegem você? – ela perguntou. – Esta terra, irrigada somente por chuvas de enxofre fervente, jamais produziu sequer uma folha de sálvia; no entanto, me disseram que ervas aromáticas brotam sob seus pés!

– Eu não sei como explicar, madame – disse a Rainha –, a menos que isso se deva à criança que um dia espero ter, e que será, talvez, menos infeliz do que eu sou.

Clássicos de todos os tempos

– O que eu quero agora – a fada disse – é um ramalhete das mais raras flores; veja se essa felicidade futura da qual você está falando poderá ajudá-la a conseguir. Se você falhar nesta missão, o castigo não tardará, pois eu os aplico com frequência e sei muito bem como administrar.

A Rainha começou a chorar. Ameaçar daquele jeito dava muito prazer para a fada, e a Rainha estava desesperada com a ideia de não conseguir encontrar as flores.

Ela voltou para sua casinha; sua amiga Rã veio até ela.

– Como você parece infeliz!

– Ah, e quem não estaria, minha amiga querida? A fada encomendou um ramalhete das flores mais lindas, e onde vou encontrar? Você bem vê o tipo de flor que cresce aqui; no entanto, minha vida estará em risco, se eu não conseguir.

– Querida Rainha – a Rã falou, com voz doce –, precisamos nos esforçar ao máximo para tirá-la desta dificuldade. Tem um morcego fêmea que vive aqui perto, e fiz amizade com ela; é uma boa criatura, e se locomove mais rápido do que eu; posso emprestar minha touca de rosas e, com essa ajuda, ela será capaz de encontrar as flores para você.

A Rainha se curvou em uma mesura profunda para a Rã, já que não havia modo de abraçá-la. A Rã partiu sem demora para conversar com a morcego fêmea; poucas horas mais tarde ela voltou, trazendo debaixo das asas as flores mais raras e belas. A Rainha foi correndo com o ramalhete até a fada, que ficou ainda mais surpresa do que antes, incapaz de entender por qual milagre a Rainha tinha recebido ajuda.

Enquanto isso, a Rainha pensava constantemente em meios de escapar. Ela contou seu desejo para a Rã, que lhe disse:

– Madame, deixe que eu antes consulte meu gorrinho, e então providenciaremos tudo conforme os conselhos que ele nos der.

Ela apoiou a touca sobre um punhado de palha; depois, queimou na frente dela alguns ramos de zimbro, algumas alcaparras e duas ervilhas verdes; em seguida coaxou cinco vezes e, estando a cerimônia completa, vestiu a touca de novo, e começou a falar como um oráculo.

Charles Perrault

– O destino, que tudo comanda, proíbe que você saia deste lugar. Você dará à luz uma Princesinha mais linda do que a própria deusa Vênus; não se preocupe com mais nada, só o tempo poderá lhe oferecer consolo.

A cabeça da Rainha se inclinou e algumas lágrimas caíram de seus olhos, mas ela decidiu confiar na amiga.

– Pelo menos – ela lhe disse –, não me deixe aqui sozinha; e me ajude quando minha pequena nascer.

A Rã prometeu ficar com ela, e a consolou tão bem quanto conseguiu.

Mas já é hora de voltarmos ao Rei. Enquanto o inimigo o manteve sitiado na capital, ele ficou continuamente impedido de enviar mensageiros até a Rainha. Entretanto, finalmente, após várias manobras militares, ele obrigou os invasores a bater em retirada, e se alegrou com o sucesso da investida, menos pensando em si mesmo e mais pensando na Rainha, a quem ele agora podia mandar buscar em segurança. Ele estava na mais completa ignorância do desastre que havia se abatido sobre ela, pois nenhum de seus oficiais tinha se atrevido a lhe contar a respeito. Eles tinham ido à floresta e encontrado os destroços da carruagem, os cavalos fugidos e os trajes que ela pegara acreditando que iria encontrar o marido. Como ficaram plenamente convencidos de que ela tinha morrido e sido devorada por animais selvagens, o único cuidado que tiveram foi fazer o Rei acreditar que ela havia falecido subitamente e sem dor. Ao receber essa informação funesta, ele pensou que também ia morrer: de tristeza; arrancou os cabelos, chorou um vale de lágrimas e expressou a dor de sua perda de todas as formas imagináveis, com gritos, soluços e suspiros. Por alguns dias, não quis ver ninguém e nem permitiu que alguém o visse; depois voltou à capital e entrou em um longo período de desgosto, que o sofrimento de seu coração comprovava com ainda mais sinceridade do que seus trajes pretos de luto. Todos os reis das proximidades enviaram embaixadores com mensagens de condolências; e quando chegaram ao fim as cerimônias indispensáveis a esse tipo de ocasião, ele concedeu aos súditos um período de paz, livrando-os do serviço militar e de todas as maneiras ajudando a estimular os comércios.

A Rainha não fazia a menor ideia sobre nada disso. Nesse intervalo, ela deu à luz a pequena Princesa, que era tão linda quanto a Rã tinha previsto, e lhe deu o nome de Moufette. A Rainha teve enorme dificuldade para convencer a fada a permitir que ela criasse a filha, pois, de tão feroz que era, a Leoa teria preferido devorar a menina. Moufette, um prodígio de beleza, tinha agora seis meses; a Rainha, olhando para ela com uma meiguice misturada a piedade, dizia, muitas vezes:

– Ah, se seu pai pudesse conhecer você, minha pobrezinha, que maravilhado ele ficaria! Como você seria amada por ele! Mas quem sabe ele já começou a me esquecer; sem dúvida, acredita que perdeu nós duas para a morte; e talvez outra tenha preenchido no coração dele, o lugar que já foi meu.

Esses pensamentos pesarosos provocavam muitas lágrimas na Rainha; a Rã, que a adorava, vendo-a chorar daquele jeito, certo dia disse:

– Se você quiser, madame, eu irei atrás do Rei, seu marido; o caminho é muito longo e eu viajo bem devagar, mas, cedo ou tarde, tenho certeza de que chegarei.

Essa proposta não poderia ter sido mais bem acolhida do que foi; a Rainha juntou as mãos e fez com que Moufette juntasse as dela também, em sinal de gratidão à Madame Rã, por se oferecer a empreender tal jornada. A Rainha garantiu que o Rei não seria ingrato. E continuou:

– Porém, qual a utilidade de contar que eu estou neste lugar tão triste, se é impossível que ele me resgate?

– Madame – a Rã respondeu –, isto nós temos de deixar a cargo dos Céus; só podemos fazer o que depende de nós.

Elas se despediram; a Rainha enviou ao Rei uma mensagem escrita com sangue em um retalho de tecido, pois não tinha papel nem tinta. No bilhete, ela implorava que ele prestasse atenção a tudo o que a bondosa Rã lhe contasse, e que acreditasse em tudo que ela dissesse, pois a boa amiga estava levando notícias que eram verdadeiramente dela.

Charles Perrault

    Até chegar ao mundo, a Rã passou um ano e quatro dias subindo os dez mil degraus que partiam do lugar sombrio onde tinha deixado a Rainha; ela precisou de mais um ano para aprontar os criados, a carruagem e demais apetrechos, pois tinha autoestima demais para aparecer diante da corte como se fosse uma simples e comum criatura dos pântanos. Ela providenciou uma liteira grande o suficiente para acomodar confortavelmente dois ovos; por fora, mandou revestir de casco de tartaruga; por dentro, de pele de lagarto; depois, escolheu cinquenta damas de honra entre as sapinhas verdes que saltavam pelos campos; as sapas montaram em minhocas equipadas com sela, e avançavam em grande estilo, atirando as longas patas por cima das rédeas; diversos ratos d'água, vestidos como pajens, corriam ao lado das minhocas, como guarda-costas da Rã; em resumo, nada tão lindo jamais tinha sido visto antes e, para coroar tudo, a touca de rosas carmesins, sempre frescas e exuberantes, encaixada em sua cabeça da maneira mais admirável. A Rã tinha um pouco de vaidade, à sua maneira, então acrescentou um pouco de ruge e alguns adereços; disseram que ela estava maquiada como muitas senhoras daquele lugar, mas investigações sobre o assunto provaram mais tarde que isso tinha sido espalhado pelas inimigas dela.

    A jornada durou sete anos, durante os quais a coitada da Rainha passou por dores e sofrimentos indizíveis; se não fosse pela linda Moufette, que era um enorme consolo para mãe, ela teria morrido cem vezes. Aquela maravilhosa criaturinha não podia abrir a boca nem dizer uma só palavra sem encher o coração da mãe de encantamento. Na verdade, com exceção da Fada Leoa, todo mundo estava encantado com ela; afinal, quando a Rainha já tinha vivido seis anos naquele lugar horrível, a fada disse que ela poderia acompanhá-la numa caçada, desde que tudo que a Rainha capturasse fosse entregue a ela.

    Pode-se bem imaginar a alegria da Rainha ao ver o sol de novo. Tão desacostumada ela estava com a luz forte que, num primeiro momento, achou que ia ficar cega. Quanto a Moufette, ela era tão rápida e inteligente que, mesmo tendo apenas cinco ou seis anos, nunca errava o alvo e foi assim que mãe e filha conseguiram amenizar um pouco a ferocidade da fada.

A Rã cruzou montanhas e vales, dia e noite, sem jamais parar; por fim, estava perto da capital onde o Rei vivia. Ela ficou surpresa ao ver dança e festa para todo lado; havia riso e cantoria, e quanto mais perto ela chegava da cidade, mas alegres e entusiasmadas as pessoas pareciam. Sua comitiva rural causou um grande espanto, todo mundo começou a seguir atrás, e tão grande se tornou a multidão que, quando ela entrou na cidade, foi difícil abrir caminho até o palácio. Ali, tudo era tão magnífico quanto se pode imaginar, pois o Rei, que tinha sido viúvo por nove anos, havia afinal atendido aos apelos dos súditos, e estava prestes a se casar com uma Princesa; menos bonita que sua esposa, é verdade, mas nem por isso menos adorável.

A amável Rã, tendo descido de sua liteira, postou-se diante da presença real, seguida de seus acompanhantes. Ela não precisou solicitar uma audiência, pois o Rei, sua noiva e todos os príncipes presentes estavam curiosos demais para saber a razão de sua vinda, e nem pensaram em interrompê-la.

– Vossa majestade – ela disse –, não sei se as notícias que trago proporcionarão mais alegria ou tristeza; o casamento que o senhor está prestes a celebrar me convence de sua infidelidade para com a Rainha.

– A lembrança dela é mais preciosa do que nunca para mim – o Rei falou, sem conseguir impedir que uma ou duas lágrimas rolassem. – Mas você deve saber, cara rã, que reis nem sempre podem fazer o que desejam; pelos últimos nove anos, meus súditos vêm pedindo que eu me case; eu devo a eles um herdeiro para o trono, e portanto escolhi esta jovem Princesa, que me pareceu encantadora.

– Eu o aconselho a não se casar com ela, pois a Rainha não está morta; trago uma carta dela, escrita com o próprio sangue. E vossa majestade tem uma filhinha, Moufette, que é mais linda do que o próprio firmamento.

Charles Perrault

O Rei pegou o retalho no qual a Rainha havia rascunhado umas poucas palavras; ele beijou o tecido e o encharcou de lágrimas; mostrou a todos os presentes anunciando que reconhecia a letra da esposa; e fez mil perguntas, que a Rã respondeu com vivacidade e inteligência.

A Princesa que estava noiva do Rei e os embaixadores que tinham viajado para assistir à cerimônia assumiram expressões muito tristes. Um dos convidados mais importantes virou-se para o Rei e disse:

– Majestade, será que está considerando romper um noivado tão solene, baseado na palavra de um sapo? Esta escória dos pântanos tem a insolência de vir aqui contar mentiras diante da corte toda, pelo simples prazer de ser ouvida!

– Saiba, vossa Excelência – respondeu a Rã –, que eu não sou escória nenhuma de pântano nenhum, e já que me vejo obrigada a exibir meus poderes: apresentem-se, todas as fadas!

E eis que subitamente apareceram todas as sapinhas verdes e minhocas e todos os ratos d'água e lagartos. Mas não em sua forma comum de bichos, e sim como figuras majestosas, de semblantes agradáveis e olhos mais brilhantes do que estrelas; cada um trazia na cabeça uma coroa de joias e, nos ombros, um manto de veludo forrado de pele, com uma longa cauda carregada por anões. Ao mesmo tempo, ouviu-se um som de trombetas, tímpanos, oboés e tambores que preencheu o ar com uma música melodiosa e bélica, e todas as fadas começaram a dançar balé; seus passos eram tão leves que o menor impulso as levava até o teto abobadado da sala. O Rei e sua futura Rainha estavam muito surpresos, e não ficaram menos espantados quando viram todas aquelas bailarinas de repente se transformarem em flores: jasmins, narcisos, violetas, cravos e rosas, que continuaram a dançar como se tivessem pernas e pés. Era como um canteiro vivo, cujos movimentos seduziam tanto o olhar quanto o olfato. Um instante depois, as flores tinham sumido, e no lugar delas diversas fontes vertiam, no ar, uma quantidade de água que, em seguida, se acumulava em um lago artificial na base da muralha do castelo; o lago ficou repleto de barquinhos coloridos e enfeitados, tão delicados e bonitos que a Princesa convidou os embaixadores a dar uma volta. Eles ficaram mais do que satisfeitos em aceitar, imaginando que seria um passatempo muito divertido que terminaria alegremente nas comemorações das bodas. Porém, mal haviam embarcado, os barcos, a água e as fontes desapareceram, e as sapinhas eram sapinhas de novo. O Rei perguntou o que tinha havido com a Princesa; a Rã respondeu:

– Majestade, o senhor não tem outra rainha além de sua esposa; se eu não tivesse tanto carinho por ela, não teria interferido; mas ela merece tanto, e sua filha Moufette é tão adorável, que o senhor não deve demorar nem mais um instante para partir e salvá-las.

– Eu lhe asseguro, Madame Rã – disse o Rei –, que, se eu não acreditasse que minha esposa está morta, não há nada no mundo que eu não faria para vê-la de novo.

– Depois das coisas extraordinárias que lhe mostrei, parece-me que o senhor deveria dar mais crédito ao que acabo de contar. Deixe seu reino aos cuidados de homens de confiança e parta sem demora. Aqui está um anel que vai muni-lo dos meios necessários para ver a Rainha e conversar com a Fada Leoa, embora ela seja a criatura mais terrível do mundo.

Após providenciar lindos presentes para a Rã, o Rei partiu, e não aceitou que ninguém o acompanhasse.

– Não tenha medo – a Rã disse a ele. – O senhor enfrentará enormes dificuldades, mas espero que seja bem-sucedido em suas intenções.

Relativamente confortado pelas palavras dela, o Rei iniciou a busca por sua amada esposa, tendo como guia nada além daquele anel.

Conforme Moufette crescia, sua beleza se tornava mais perfeita, e todos os monstros do lago de mercúrio se apaixonaram por ela; e os dragões, com suas formas pavorosas e assustadoras, iam deitar-se aos pés dela. Embora Moufette visse as criaturas desde o nascimento, seus lindos olhos jamais se acostumaram àquela visão, e ela fugia correndo para se esconder nos braços da mãe.

– Nós ainda vamos ficar aqui muito tempo? – ela perguntava.
– Nunca vai ter fim esta provação?

Para animar a filha, a Rainha falava com esperança, mas não havia esperança nenhuma em seu coração; a ausência da Rã, o silêncio prolongado e o longo tempo transcorrido desde que ela, pela última vez, tinha recebido notícias do Rei, tudo isso a enchia de tristeza e desespero.

Lentamente, virou rotina que a Fada Leoa levasse mãe e filha em suas caçadas. Ela gostava das boas coisas da vida, e mantinha ambas matando por ela. Embora tudo que as duas recebessem em recompensa fosse uma cabeça ou as patas, poder ver a luz do dia também era um prêmio a ser levado em conta. A fada tomava a forma de uma leoa, a Rainha e a filha sentavam em suas costas e assim saíam para caçar na floresta.

Certo dia, por acaso, o Rei estava descansando na floresta, onde o anel o havia conduzido, quando as viu passar na velocidade de uma flecha recém-disparada de um arco; elas não o viram, e quando ele tentou segui-las, tinham desaparecido. Apesar de todo o sofrimento, a Rainha conservava a beleza de antes; aos olhos do marido, pareceu mais bonita do que nunca, e ele desejou muito tê-la de volta. Sentindo que a jovem Princesa que a acompanhava era sua querida filhinha Moufette, ele resolveu que enfrentaria mil mortes antes de desistir da missão de salvá-las.

Com a ajuda do anel, o Rei achou o caminho para o lugar sombrio onde a Rainha vivia há tantos anos; ele ficou bem surpreso ao perceber que estava descendo ao centro da Terra, e cada coisa nova que encontrava o surpreendia ainda mais. A Fada Leoa sabia o dia e a hora em que o Rei chegaria; e estava decidida a, no mínimo, combater o poder do Rei com todo o poder que ela mesma possuía.

Ela construiu um palácio de cristal que flutuava no centro do lago de mercúrio, e subia e descia ao sabor das ondas. Nele, ela aprisionou a Rainha e a filha, e depois discursou para todos os monstros que estavam apaixonados por Moufette:

– Vocês vão perder esta linda Princesa, se não me ajudarem a protegê-la de um cavaleiro que chegou para levá-la embora.

Clássicos de todos os tempos

Os monstros prometeram fazer tudo que estivesse ao alcance deles; cercaram o palácio de cristal; os mais leves subiram no telhado e muros; os outros ficaram de guarda nas portas; os restantes permaneceram no lago.

O Rei, aconselhado pelo anel, foi primeiro à Caverna da Fada; ela estava à espera, na forma de leoa. Assim que ele apareceu, ela saltou para cima dele; mas ele levantou a espada com uma coragem que ela não esperava, e bem quando ela ia usar uma de suas patas para derrubá-lo no chão, ele a decepou na altura do cotovelo. Ela deu um grito e tombou; ele partiu para cima, colocou o pé na garganta dela e jurou que a mataria. Apesar da fúria incontrolável e de toda a invulnerabilidade, ela sentiu um pouco de medo.

– O que você pretende fazer comigo? – ela perguntou. – O que quer de mim?

– Quero castigar você por ter capturado a minha esposa! Esposa essa que você vai me devolver, ou eu te estrangulo agora mesmo.

– Olhe para o lago, e veja se eu tenho o poder de fazer isso.

O Rei se virou na direção para onde ela estava apontando, e viu a Rainha e sua filha no palácio de cristal, que boiava no mercúrio como uma embarcação, mas sem remos nem leme. Ele estava morrendo de alegria misturada à dor; gritou com toda a força e ambas o escutaram, mas como chegaria até elas? Enquanto refletia sobre um meio de conseguir isso, a Fada Leoa desapareceu. O Rei correu em volta do lago, porém, toda vez que o palácio se aproximava o suficiente para que ele pudesse pular lá para dentro, de repente se afastava a uma velocidade terrível, sempre destruindo suas esperanças. A Rainha, receando que ele ficasse fraco, pediu aos gritos que ele não desistisse, e falou que o plano da Fada Leoa era deixá-lo exausto, mas que o verdadeiro amor sabia como enfrentar todas as dificuldades. Ela e Moufette estenderam as mãos na direção dele, em gestos de súplica. Vendo isso, o Rei viu suas forças se renovarem, e então, elevando a voz, disse que preferiria passar o resto da vida naquele lugar horroroso, a voltar para casa sem elas. Ele precisou de uma paciência enorme, pois nenhum rei do universo jamais tinha passado por coisa semelhante antes. Para dormir, ele dispunha apenas do chão que era forrado de arbustos e espinhos; para comer, tinha somente frutos selvagens mais amargos do que bile; e era incessantemente obrigado a se defender dos monstros do lago.

Três anos se passaram desta maneira, e o Rei não poderia se gabar de ter conquistado a mais mínima vantagem; estava à beira do desespero e muitas vezes se sentiu tentado a se atirar no rio; ele teria certamente feito isso, se achasse que uma tal atitude poderia aliviar os sofrimentos da Rainha e da Princesa. Um dia, ele estava como sempre correndo de um lado a outro do lago quando um dos dragões mais pavorosos o chamou e disse:

– Se você jurar pelo seu cetro, seu manto real, pela sua coroa, sua esposa e sua filha que, quando eu pedir, você me dará para comer uma determinada coisa muito deliciosa e que eu adoro, coloco você nas minhas costas e prometo que nenhum dos monstros do lago, que vigiam o palácio, vão nos impedir de libertar a Rainha e a Princesa Moufette.

– Ah, meu querido Dragão! – o Rei exclamou. – Eu juro a você, e a toda a família de dragões, que lhe darei um suprimento do que você quiser comer, e que para sempre serei seu humilde servo.

– Não faça promessas se tiver alguma intenção de não cumpri-las – respondeu o Dragão. – Porque, nesse caso, recairão sobre você maldições que você jamais esquecerá, enquanto viver.

O Rei renovou seu compromisso; ele estava morrendo de impaciência para estar novamente com a Rainha. Montou nas costas do Dragão como se ele fosse o melhor cavalo do mundo, mas então os outros monstros avançaram para impedir sua passagem. Eles lutaram juntos, e não se ouvia nada a não ser os silvos agudos das serpentes, e não se via nada a não ser fogo, enxofre e salitre caindo de todos os lados. Por fim, o Rei chegou ao palácio, mas lá precisou renovar suas forças, pois as entradas eram defendidas por morcegos, corujas e corvos; porém o Dragão, com suas garras, seus dentes e a cauda, fez picadinho de todas essas criaturas. A Rainha, por seu lado, observando aquela batalha feroz, quebrou a parede

Clássicos de todos os tempos

e se armou com os pedaços para ajudar o marido amado. Finalmente, eles venceram; correram para os braços um do outro, e o trabalho de quebrar o encanto se completou com um raio, que caiu no lago e o secou.

O Dragão amigo tinha desaparecido junto com todos os outros monstros, e o Rei, sem saber como, viu-se de volta à própria cidade, sentado, com a Rainha e Moufette, em uma magnífica sala de jantar, diante de uma mesa onde estavam servidas as melhores carnes. Tamanha alegria e surpresa como as deles nunca tinham sido vistas antes. Todos os súditos correram para ver a Rainha e a jovem Princesa, que, acrescentando mais maravilhamento a tudo aquilo, estava vestida tão lindamente que os olhos mal suportavam o brilho de suas joias fabulosas.

É fácil imaginar as celebrações que agora estavam em curso no castelo; bailes de máscaras, exibições na arena e torneios variados atraíram os mais importantes príncipes do mundo; mas o que mais os atraiu foi o brilho dos olhos de Moufette. Dentre os mais belos e mais hábeis no manejo das armas, o Príncipe Moufy era quem mais se destacava. Ele era universalmente admirado e aplaudido, e Moufette, que até então só tinha vivido na companhia de dragões e serpentes, também não moderou os elogios. Nem um dia se passava sem que o Príncipe Moufy se desdobrasse em novas atenções na expectativa de agradá-la, pois a amava profundamente. Ele se apresentou perante o Rei e a Rainha como um pretendente, e informou que a beleza e o tamanho de seu principado mereciam uma consideração especial.

O Rei respondeu que Moufette era livre para escolher um marido, e que ele só desejava agradar a filha e vê-la feliz. O Príncipe ficou encantado com essa resposta; sabendo que a Princesa também gostava dele, ofereceu sua mão para ela. Moufette garantiu que, se ele não fosse marido dela, nenhum outro homem seria, e Moufy, explodindo de alegria, se atirou aos pés dela, e nos mais afetuosos termos implorou que ela se lembrasse da promessa que tinha acabado de fazer a ele. O Príncipe e a Princesa ficaram noivos e na sequência o Príncipe Moufy voltou ao principado para supervisionar os preparativos para o casamento.

Charles Perrault

Moufette derramou muitas lágrimas com essa partida, pois estava inquieta com um pressentimento ruim que não conseguia explicar. A Rainha, vendo que o Príncipe também estava arrasado pela dor da separação, deu a ele um retrato da filha, e pediu que ele não deixasse que a exuberância dos preparativos atrasasse seu retorno. O Príncipe, ansioso para atender ao pedido da Rainha, jurou a ela que o rápido regresso contribuiria para a própria felicidade dele.

Durante a ausência de Moufy, a Princesa se ocupava tocando harpa, pois em poucos meses tinha se tornado bastante habilidosa. Um dia, quando ela estava no quarto da Rainha, o Rei entrou correndo e com o rosto banhado em lágrimas, abraçou a filha e disse:

– Ah, minha pobre criança – ele exclamou. – Que pai miserável eu sou, que Rei infeliz!

Ele não conseguia dizer mais nada, pois sua voz foi sufocada por soluços. A Rainha e a Princesa, muito alarmadas, perguntaram qual era o problema, e por fim ele conseguiu responder que um gigante de estatura descomunal, que se apresentava como um representante do Dragão do lago, havia acabado de chegar; e que, de acordo com a promessa que ele tinha feito em troca de ajuda para combater os monstros, o Dragão exigia que ele entregasse a Moufette, pois naquela noite queria jantar torta de princesa; o Rei acrescentou que estava amarrado, por juras solenes, a entregar o que o Dragão estava pedindo, pois naquela época ninguém jamais quebrava uma promessa.

Quando a Rainha ouviu esse relato pavoroso, gritou e chorou amargamente, e abraçou a filha junto ao peito.

– Eu entregarei minha vida antes que minha filha seja oferecida àquele monstro – ela disse. – Dê a ele nosso reino e tudo que possuímos. Que pai desnaturado você é! Como pôde concordar com uma troca tão cruel? A simples ideia é intolerável! Leve-me a este representante perverso, quem sabe a visão da minha angústia amoleça o coração dele.

O Rei nada respondeu, apenas foi buscar o gigante e o levou à presença da Rainha, que se atirou aos pés dele. Ela e a filha imploraram que ele tivesse misericórdia delas, e que convencesse o Dragão a levar todas as posses deles, mas poupar a vida de Moufette; mas o gigante respondeu que a decisão não cabia a ele e que o Dragão era tão teimoso, e tão apreciador de boas comidas, que nem mesmo todos os poderes do mundo, somados, poderiam impedi-lo de comer o que ele tivesse posto na cabeça que queria consumir em uma refeição. Ele ainda aconselhou, como amigo, que a família real concordasse de boa vontade, pois do contrário grandes males iriam se abater sobre todos. Ao ouvir essas palavras, a Rainha desmaiou; e a Princesa, se não tivesse precisado acudir a mãe, teria desmaiado também.

Assim que as notícias se espalharam pelo palácio, toda a cidade ficou sabendo. Não se ouvia um pio, apenas lamúrias e choro, pois Moufette era muito amada. O Rei não conseguia decidir se entregaria a filha para o gigante, que já tinha esperado alguns dias, começou a ficar impaciente e a lançar ameaças terríveis. O Rei e a Rainha, porém, disseram um ao outro:

– O que poderia acontecer conosco que seria pior do que isso? Nem que o Dragão do lago viesse aqui, e nos devorasse, nós estaríamos mais aflitos; se fizerem uma torta da Moufette, será o nosso fim.

O gigante então lhes contou ter recebido de seu mestre um recado que dizia que, se a Princesa concordasse em casar com um sobrinho do Dragão, poderia viver; que o sobrinho era jovem e bonito e que, além disso, era também um Príncipe, e que eles viveriam juntos e felizes. Essa proposta aliviou um pouco o sofrimento deles; a Rainha conversou com a Princesa, mas descobriu que ela sentia mais aversão por essa ideia do que pela ideia da própria morte.

– Eu não vou salvar minha vida traindo minha palavra – Moufette falou. – Vocês me prometeram ao Príncipe Moufy e eu não vou me casar com mais ninguém; permitam que eu morra; minha morte vai garantir a paz em suas vidas.

O Rei então se aproximou e fez todos os esforços, e usou as expressões mais amorosas, para tentar convencê-la; mas nada parecia capaz de fazê-la mudar de ideia, e no fim ficou decidido que ela seria levada ao topo de uma montanha, e que lá o Dragão a estaria esperando.

Tudo foi preparado para o grande sacrifício; nada tão triste jamais tinha sido visto antes; para onde quer que se olhasse, só o que se via eram roupas de luto, faces pálidas e horrorizadas. Quatrocentas donzelas da mais alta estirpe, vestindo longas túnicas brancas e usando coroas de ciprestes, acompanharam a Princesa, carregando-a em uma liteira aberta de veludo preto, para que todos pudessem admirar aquela obra-prima da beleza. Seus cabelos, atados com crepe, caíam sobre os ombros, e ela usava uma coroa que misturava jasmins e cravos. O Rei e a Rainha seguiam a filha, dominados por uma tristeza profunda; a dor deles parecia ser a única coisa que abalava a Princesa. O gigante, armado da cabeça aos pés, marchava ao lado da liteira e observava a Princesa com olhos famintos, saboreando mentalmente a parte que receberia da torta de Moufette; o ar ressoava com suspiros e soluços, e a estrada ficou encharcada pelas lágrimas dos espectadores.

– Ah, Rã, Rã! – chamava a Rainha. – Você realmente me abandonou! Pobre de mim! Por que me ajudou daquela vez, naquele lugar tenebroso, e agora não vem em meu socorro! Se eu tivesse morrido naquela ocasião, não estaria agora lamentando a perda de todas as minhas esperanças, e não passaria pela angústia de ver minha querida Moufette prestes a ser devorada!

Enquanto isso, a procissão avançava lentamente, até por fim atingir o topo da fatídica montanha. Neste ponto, os gritos e lamentos redobraram, e nunca se ouviu nada tão comovente. O gigante ordenou que todos se despedissem e se retirassem, com medo todos obedeceram, pois, naquela época, as pessoas eram muito simples e submissas, e nunca procuravam uma saída para seus infortúnios.

O Rei, a Rainha e toda a corte então subiram ao cume de outra montanha, de onde conseguiam enxergar tudo o que acontecia à Princesa. Não esperaram muito, e logo viram chegar, pelo ar, um Dragão de três quilômetros de comprimento. O corpo era tão pesado que ele mal conseguia voar, apesar de suas seis asas imensas; era recoberto de grandes escamas azuis e tinha línguas venenosas que soltavam fogo; a cauda era enrolada em mais de cinquenta voltas e meia; cada uma de suas garras tinha o tamanho de um moinho, e dentro da bocarra aberta era possível ver três fileiras de dentes, longos como as presas de um elefante. Enquanto o Dragão lentamente se aproximava, a boa e fiel Rã, montada nas costas de um falcão, voava rapidamente até o Príncipe Moufy. Ela estava usando a touca de rosas e, embora ele estivesse trancado em seu aposento privado, ela conseguiu entrar sem chave, e lhe disse:

– O que está fazendo aqui, seu apaixonado tristonho? Enquanto você fica aí sentado, sonhando com a beleza de Moufette, neste exato momento ela está exposta ao mais grave perigo; cá está uma pétala de rosa; ao soprá-la, posso transformá-la em um cavalo esplêndido, você verá.

Imediatamente, surgiu um garanhão de cor verde, com doze cascos e três cabeças, das quais uma soltava fogo; a outra, granadas; a terceira, bolas de canhão. Ela deu ao Príncipe uma espada de sete metros de comprimento, mais leve que uma pluma. Cobriu-o com um único diamante, que ele vestiu como um casaco; apesar de ser duro como uma rocha, o diamante era também muito maleável, para que Moufy pudesse se mexer com facilidade.

– Vá – disse a Rã. – Corra, voe para salvar sua amada; o cavalo verde que lhe dei vai levar você até ela. E, quando você a tiver resgatado, conte a ela o papel que eu desempenhei nesse salvamento.

– Generosa fada – exclamou o Príncipe –, neste momento eu não posso demonstrar toda a minha gratidão, mas, daqui por diante, serei seu humilde criado.

Ele montou no cavalo de três cabeças, que instantaneamente galopou sobre os doze cascos e uma velocidade maior que a de três cavalos de corrida juntos, de maneira que em pouquíssimo tempo o Príncipe chegou à montanha, onde encontrou sua amada Princesa sozinha, enquanto o Dragão continuava sua lenta aproximação. O garanhão verde imediatamente começou a lançar fogo, granadas e bolas de canhão, mas nada disso assustou o monstro; ele levou vinte bolas no pescoço e as escamas ficaram um pouco danificadas ali, e uma das granadas arrancou um dos olhos. Ele ficou furioso e fez como se fosse se atirar sobre o Príncipe; porém, a longa espada que ele empunhava era tão especial que ele podia usá-la como quisesse: às vezes como chicote e às vezes dando estocadas profundas, que penetravam até o punho. Ao mesmo tempo, o Príncipe teria sido esfolado pelas garras do Dragão, se não fosse pelo casaco de diamante, que era impenetrável.

Moufette havia reconhecido o amado a uma longa distância, pois o diamante que o envolvia era transparente e brilhante; ela foi tomada por um terror mortal diante do perigo em que ele se encontrava. O Rei e a Rainha, porém, sentiram suas esperanças renovadas, pois era totalmente inesperado ver um cavalo de três cabeças e doze cascos lançar fogo e chamas, montado por um Príncipe em um casaco de diamante, armado com uma espada formidável, chegando em um momento tão oportuno e lutando com tanta bravura. O Rei colocou o chapéu na ponta de um galho, a Rainha amarrou o lenço na ponta de outro, e eles os agitaram como demonstrações de incentivo ao Príncipe; todos os membros da corte fizeram o mesmo. Na verdade, nada daquilo era necessário, pois seu próprio coração e o perigo que Moufette estava correndo eram suficientes para encher o Príncipe de toda a coragem do mundo. Ah, e como ele se esforçou! O chão ficou coberto de ferrões, garras, chifres, asas e escamas de Dragão, a terra ficou tingida de azul e verde, pela mistura dos sangues do cavalo e do Dragão. Cinco vezes o Príncipe caiu e cinco vezes ele se levantou e montou no garanhão de novo, e depois houve bombardeios, chamas e explosões de um modo jamais visto nem ouvido antes. Finalmente, as forças do Dragão foram vencidas, e ele tombou; o Príncipe desferiu um último golpe e ninguém acreditou nos próprios olhos quando, de dentro dessa última grande ferida, saiu um belo e charmoso príncipe, em um manto de veludo dourado e azul, bordado de pérolas, trazendo na cabeça um pequeno elmo grego enfeitado com cinco plumas. De braços abertos ele correu na direção do Príncipe Moufy e o abraçou.

Clássicos de todos os tempos

– Eu lhe devo tanto, meu valoroso libertador! – ele exclamou. – Você me salvou da pior prisão onde um rei já esteve; dentro dela eu definhei por dezesseis anos, desde que a Fada Leoa me encarcerou; e tão poderosa ela era que teria me forçado, contra a minha vontade, a devorar sua adorável Princesa; leve-me aos pés dela, para que eu possa explicar minha triste história.

O Príncipe Moufy, surpreso e encantado com o encerramento extraordinário de sua aventura, cobriu o novo príncipe de gentilezas. Eles se apressaram para ir até Moufette, que agradeceu mil vezes aos Céus por sua inesperada felicidade. O Rei, a Rainha e toda a corte já estavam com ela; todos falavam ao mesmo tempo, ninguém escutava o que ninguém dizia e todos derramavam, de alegria, tantas lágrimas quanto haviam derramado, antes, de tristeza. Finalmente, como se ainda faltasse alguma coisa para completar tamanho júbilo, a bondosa Rã apareceu voando em seu falcão, que tinha pequenos sinos de ouro amarrados às patas. Quando o ruído dos guizos foi ouvido, todo mundo olhou para cima e viu a touca de rosas brilhando como o sol, e a Rã tão bela quanto o amanhecer.

A Rainha correu até ela, tomou em suas mãos uma de suas patinhas, e no mesmo momento a sábia Rã se transformou em uma imponente Rainha, com um rosto sábio e belo. Ela disse:

– Eu vim para coroar a firme e leal Moufette, que preferiu arriscar a própria vida a ser infiel à palavra dada ao Príncipe Moufy.

Ela então pegou duas grinaldas de mirtilo e colocou nas cabeças dos amantes, e, com três movimentos de sua varinha, todos os ossos do Dragão se juntaram para formar um arco triunfal, em comemoração ao grande evento que tinha acabado de ocorrer.

Todos então tomaram o rumo de casa, e no caminho de volta à cidade entoaram canções de casamento tão alegremente quanto, antes, haviam tristemente lamentado o sacrifício da Princesa. O casamento aconteceu no dia seguinte e bem podemos imaginar a imensa alegria das comemorações.

AS FADAS

Era uma vez uma viúva que tinha duas filhas. A mais velha era muito parecida com a mãe no temperamento e na aparência, ter visto uma era ter visto a outra. As duas eram tão desagradáveis e arrogantes que era impossível conviver com elas. A mais nova, que era cópia fiel do pai nos modos gentis e educados, era também uma menina tão bonita quanto se pode imaginar. Como nós somos naturalmente inclinados a gostar daqueles que se parecem conosco, a mãe cercava a primogênita de cuidados , ao mesmo tempo em que sentia uma repulsa violenta pela caçula, e a obrigava a fazer as refeições na cozinha e a trabalhar duro o dia inteiro. Entre outras coisas que a coitada da criança era forçada a fazer, estavam ir duas vezes por dia buscar água em um lugar a mais de um quilômetro e meio de distância, e carregar de volta para casa um jarro enorme cheio até a borda. Um dia, enquanto ela estava parada ao lado da nascente, uma pobre mulher se aproximou e pediu que a menina lhe desse um pouco de água para beber.

– Certamente, minha boa senhora.

A bela menina imediatamente se inclinou para enxaguar o jarro, depois o encheu com água do ponto mais límpido da nascente; ela estendeu o jarro e continuou suportando o peso dele enquanto a senhora se servia, para que ela pudesse tomar a água com toda a comodidade. Tendo bebido, a senhora disse para ela:

Charles Perrault

– Você é tão bonita, tão bondosa e gentil, que não resisto a lhe conceder uma graça – pois ela era na verdade uma fada, que havia tomado a forma de uma pobre aldeã para ver até onde ia a delicadeza da menina. – O presente que vou lhe dar é que, a cada palavra que você disser, uma flor ou uma pedra preciosa sairá da sua boca.

Mal a menina chegou em casa, a mãe começou a ralhar com ela por voltar tão tarde.

– Desculpe, mãe, ter demorado tanto tempo – e, conforme ela falava, saíram de sua boca duas rosas, duas pérolas e dois diamantes grandes.

A mãe olhou para ela com assombro.

– Mas o que vejo? – ela exclamou. – Pérolas e diamantes parecem estar caindo da sua boca! Como é isso, minha filha? – era a primeira vez que a mãe a chamava de filha.

A pobre criança contou com toda a simplicidade o que tinha acontecido, deixando cair vários diamantes durante a narrativa.

– Sem dúvida eu preciso mandar minha outra filha lá – disse a mãe. – Olhe, Fanchon, veja só o que cai da boca da sua irmã quando ela fala! Você não gostaria de receber um dom assim? Você só precisa ir buscar água na nascente e se uma velha pedir para você um pouco de água para beber, ofereça com gentileza e educação.

– Até parece que eu vou até a nascente – respondeu a menina rude e grosseira.

– Pois eu insisto em que você vá – replicou a mãe –, e que faça isso agora mesmo.

A filha mais velha partiu, resmungando; junto, ela levou a mais bela garrafa de prata que conseguiu encontrar na casa.

Mal chegou à nascente, ela viu andando em sua direção, na saída da floresta, uma mulher vestida magnificamente, que se aproximou e pediu um pouco de água. Era a mesma fada que havia antes aparecido para a irmã, só que agora com ares e roupas de uma princesa, como se quisesse ver até onde ia a rudeza da menina.

– Você acha que eu vim até aqui só para pegar água para você? – respondeu a menina arrogante e sem modos. – Claro, eu trouxe esta garrafa de prata de propósito para que a madame tivesse como tomar água! Bem, o que tenho a dizer é: beba dela, se quiser.

– Você não é nem um pouco educada – disse a fada, sem perder a calma. – De qualquer modo, por você ser tão descortês, vou lhe dar um presente, que é, a cada palavra que você disser, uma cobra ou um sapo sairá da sua boca.
Assim que a mãe a viu, falou:
– Pois bem, minha filha!
– Pois bem, minha mãe – respondeu a menina resmungona, cuspindo, enquanto falava, duas víboras e dois sapos.
– Credo! – gritou a mãe. – Mas o que vejo? Isto é coisa da sua irmã, mas ela vai pagar!
E, ao dizer isso, a mãe correu em direção à menina mais nova com a intenção de bater nela.
A infeliz fugiu de casa correndo e foi se esconder em uma floresta próxima. O filho do rei estava voltando de uma caçada e a encontrou; vendo como a menina era bonita, perguntou o que ela estava fazendo ali sozinha, e por que estava chorando.
– Pobre de mim, senhor! Minha mãe me expulsou de casa.
O filho do rei, vendo cinco pérolas e igual quantidade de diamantes caindo da boca da menina enquanto ela falava, pediu que explicasse o que era aquilo, e ela contou a história toda. O filho do rei ficou apaixonado; raciocinando que um dom como o que ela possuía valia mais do que o dote tradicional que outra moça poderia oferecer, ele levou a menina para o palácio de seu pai e se casaram.
Quanto à irmã, se tornou tão detestável que até a mãe a expulsou de casa. A desgraçada, tendo perambulado em vão procurando alguém que a aceitasse, acabou se arrastando para dentro da floresta e lá morrendo.

> Há mais valor nas palavras educadas
> Do que em diamantes e coisas douradas
> E mesmo na mente do homem
> Diante delas, eles somem.
>
> ---
>
> Dá trabalho ser gentil
> E exige certo empenho
> Mas como aqui se viu
> Logo se revela o prêmio
> Em todo o seu engenho.

BARBA AZUL

Era uma vez um homem que tinha boas casas na cidade e no campo, baixelas de ouro e prata, móveis bordados e carruagens trabalhadas em ouro. Mas, infelizmente, esse homem tinha uma barba azul, que o deixava tão feio e horrível que não havia uma mulher ou moça que não fugisse dele.

Uma de suas vizinhas, uma nobre dama, tinha duas filhas, que eram perfeitamente belas. O homem pediu uma delas em casamento, deixando a mãe escolher qual seria dada a ele. Porém, nenhuma das filhas queria ficar com ele; elas o empurravam uma para a outra, não conseguindo aceitar casar-se com um homem de barba azul. Outro motivo para não gostarem dele era saber que já tinha se casado várias vezes, e ninguém sabia que fim havia levado suas ex-mulheres.

Barba Azul, para estreitar a amizade, levou as moças com sua mãe e três ou quatro de seus amigos mais achegados, além de outros jovens da vizinhança, a uma de suas casas de campo, onde ficaram uma semana inteira. Eles não faziam outra coisa a não ser passear, caçar, pescar, dançar, divertir-se, comer. Ninguém dormia; eles passavam a noite toda jogando e pregando peças uns nos outros. Em suma, tudo ia tão bem que a filha mais jovem começou a achar que a barba do dono da casa não era tão azul, e que ele era um homem muito digno. Assim que retornaram à cidade, foi celebrado o casamento.

Passado um mês, Barba Azul disse à sua esposa que teria de fazer uma viagem e que se ausentaria por pelo menos seis semanas, pois tinha negócios muito importantes para tratar. Ele disse para ela se entreter o máximo durante sua ausência, convidar seus melhores amigos e, se quisesse, levá-los ao interior. Onde ela estivesse, deveria aproveitar o melhor de tudo à mesa.

– Pegue – ele lhe disse. – Estas são as chaves dos meus dois grandes armazéns; estas são as dos baús onde guardo as baixelas de ouro e prata que não são usadas; estas são as dos cofres onde guardo meu dinheiro; estas abrem os estojos com as minhas joias; e esta é a chave-mestra de todos os quartos. Quanto a esta chavezinha, ela abre o pequeno cômodo no final do corredor no térreo. Abra tudo e vá aonde quiser, mas está proibida de entrar naquele pequeno cômodo. Eu a proíbo com tanta veemência que, se ousar abrir aquela porta, nada a livrará de temer a minha ira!

Ela prometeu seguir estritamente suas ordens. Após abraçá-la, Barba Azul entrou em sua carruagem e iniciou sua jornada.

De tão ansiosos que estavam para ver todas as riquezas da casa, os amigos e vizinhos da jovem noiva aceitaram prontamente seu convite. Eles não ousavam visitá-la enquanto seu marido estava em casa, de tanto que a barba azul dele os assustava. Eles logo começaram a entrar em todos os quartos, bem como nos armários e roupeiros, cada um mais belo e esplêndido que o outro. Então, subiram até os armazéns; ali eles não conseguiam expressar suficientemente sua admiração com o número e a beleza das cortinas, camas, sofás, armários, gabinetes, mesas, espelhos onde se viam da cabeça aos pés, alguns com molduras de vidro, outros de ouro, outros de metal dourado, tudo de um valor mais alto do que já tinham visto. Eles não paravam de falar, com inveja, da boa sorte de sua amiga que, por sua vez, não sentia prazer ao ver todos aqueles tesouros, de tão grande seu desejo de abrir a porta do pequeno cômodo no térreo. Sua curiosidade por fim chegou a um ponto que, sem parar

Clássicos de todos os tempos

para pensar como seria indelicado deixar para trás seus convidados, ela desceu correndo uma pequena escadaria que levava ao cômodo com tanta pressa que quase quebrou o pescoço duas ou três vezes antes de chegar ao piso de baixo. Na porta do cômodo, ela se deteve por um momento, lembrando-se da proibição de seu marido, e refletiu que sua desobediência poderia trazer-lhe algum infortúnio; mas a tentação era tão grande que ela não conseguiu resistir. Ela pegou a chavezinha e, com a mão tremendo, abriu a porta do pequeno cômodo.

No início, ela não conseguia enxergar nada, pois as cortinas estavam fechadas; porém, após alguns minutos, ela começou a ver que o chão estava coberto de sangue, o qual refletia os corpos de várias mulheres mortas penduradas nas paredes. Aquelas eram todas as ex-mulheres do Barba Azul, que ele havia assassinado uma a uma. Ela ficou aterrorizada, e a chave, que ela havia retirado da fechadura, caiu de sua mão.

Após recobrar um pouco os sentidos, ela apanhou a chave, trancou a porta novamente e subiu ao seu quarto para tentar se recompor; mas ela não conseguia acalmar sua agitação.

A mulher então notou que a chave do cômodo estava manchada de sangue; ela a limpou duas ou três vezes, mas o sangue não saía. Então lavou a chave, e até a esfregou com areia e calcário, mas a mancha permanecia, pois a chave era encantada e não havia como limpá-la completamente; quando o sangue era lavado de um lado, ele aparecia do outro.

Barba Azul voltou naquela mesma noite dizendo que tinha recebido cartas no caminho informando que os negócios que ele ia tratar se resolveram de forma vantajosa para ele.

Sua esposa fez tudo que pôde para fazê-lo crer que ela estava muito alegre por seu rápido regresso.

Na manhã seguinte, ele pediu as chaves de volta; ela as entregou, mas suas mãos tremiam tanto que ele logo adivinhou o que tinha acontecido.

– Por que a chave do pequeno cômodo não está junto com as outras? – ele perguntou.

– Devo tê-la deixado sobre a minha mesa – ela respondeu.

– Quero que a entregue imediatamente – disse Barba Azul.

Após diversas desculpas, ela teve de ir buscar a chave. Barba Azul, analisando a chave, perguntou à sua esposa:
– Por que ela está manchada de sangue?
– Não sei – respondeu a pobre esposa, mais pálida que a morte.
– Você não sabe! – disse Barba Azul. – Pois eu sei bem. Você deve ter entrado no cômodo. Bem, senhora, você deve entrar lá de novo e tomar seu lugar entre as mulheres que viu.

Ela se atirou aos pés de seu marido, chorando e implorando seu perdão, demonstrando estar genuinamente arrependida por ter desobedecido sua ordem. A beleza e o pranto dela seriam capazes de derreter uma rocha, mas o coração de Barba Azul era mais duro que pedra.
– Você deve morrer, senhora – ele disse –, e imediatamente.
– Se for para eu morrer – ela respondeu, com os olhos cheios d'água –, dê-me um momento para eu fazer minhas orações.
– Dou um quarto de hora – respondeu Barba Azul. – Nem um minuto a mais.

Assim que ficou sozinha, ela chamou sua irmã e lhe disse: – Minha irmã Anne – esse era o nome dela –, eu lhe peço que suba ao topo da torre e veja se meus irmãos não estão à vista. Eles prometeram que viriam me visitar hoje. Então, caso os veja, acene para se apressarem.

Anne subiu ao topo da torre e a pobre e infeliz esposa a chamava de quando em quando:
– Anne! Minha irmã Anne! Não vê ninguém vindo?
Ao que Anne respondia:
– Não vejo nada, exceto a poeira dourada ao sol e a grama verde.
Enquanto isso, Barba Azul, com um grande cutelo na mão, chamou sua esposa com toda sua força:
– Desça logo ou eu subirei aí!
– Mais um minuto, por favor – ela respondeu, e então disse rapidamente baixinho:
– Anne! Minha irmã Anne! Não vê ninguém vindo?
Ao que Anne respondia:
– Não vejo nada, exceto a poeira dourada ao sol e a grama verde.

Clássicos de todos os tempos

– Desça rápido – bradou Barba Azul –, ou eu subirei aí.
– Estou indo – respondeu sua esposa, e então chamou: – Anne! Minha irmã Anne! Não vê ninguém vindo?
– Vejo uma grande nuvem de poeira vindo nesta direção – respondeu Anne. – São meus irmãos?
– Ai! Não, minha irmã, apenas um rebanho de ovelhas.
– Você não vai descer? – gritou Barba Azul.
– Mais um minuto – respondeu sua esposa, e então chamou: – Anne! Minha irmã Anne! Não vê ninguém vindo?
– Vejo dois cavaleiros vindo nesta direção – ela respondeu –, mas ainda estão muito distantes.
– Benditos sejam os céus! – ela exclamou logo em seguida. – São meus irmãos! Estou acenando de todos os modos para que se apressem.
– Suas lágrimas são inúteis – disse Barba Azul. – Você deve morrer!
Barba Azul começou a rugir tão alto que a casa inteira estremeceu novamente. A pobre esposa desceu as escadas e se atirou aos pés dele chorando e com o cabelo desgrenhado.
– Não adianta – disse Barba Azul. – Você deve morrer!
Então, agarrando-a pelo cabelo com uma mão e erguendo o cutelo com a outra, ele se preparou para cortar sua cabeça.
A pobre mulher, olhando para ele com os olhos desfalecidos, implorou que ele lhe desse um instante para se recompor.
– Não, não – ele disse. – Entregue-se aos céus.
Então, ergueu o braço. Naquele momento, bateram tão forte na porta que Barba Azul paralisou. A porta foi aberta, e dois cavaleiros imediatamente entraram, empunhando suas espadas, e correram em direção a Barba Azul. Ele os reconheceu como irmãos de sua esposa, um era dragão e o outro mosqueteiro, de modo que fugiu imediatamente, esperando escapar; mas eles foram atrás dele tão rápido que ele mal teve tempo de alcançar a escada da entrada. Os irmãos fincaram-lhe suas espadas e o mataram ali mesmo. A pobre esposa estava quase morta como seu marido, sem força para se levantar e abraçar seus irmãos.

Charles Perrault

Descobriu-se que Barba Azul não tinha herdeiros, por isso sua viúva ficou com todos os seus bens. Ela usou parte do dinheiro para o casamento de sua irmã Anne com um homem que a amava há muito tempo; outra parte para comprar o posto de capitão para seus dois irmãos; e com o restante ela se casou com um homem muito digno, que a fez esquecer o tempo horrível que passou com Barba Azul.

Contanto que alguém tenha bom senso e conheça os modos do mundo, esta história é a prova de um tempo passado. Nenhum marido atual é tão terrível para esperar algo impossível. Embora ciumento, ele ainda é pacífico, indiferente ao que afeta sua esposa. E sua esposa não precisa temer sua barba, não importa a cor. De fato, seria até difícil dizer qual dos dois é que manda.

CHAPEUZINHO VERMELHO

Era uma vez uma pequena aldeã, a garota mais linda já vista ou conhecida, a quem sua mãe amava de paixão. Sua avó a amava ainda mais, e mandou fazer para ela uma capa vermelha, a qual lhe caía tão bem que, aonde quer que ela fosse, todos a conheciam como Chapeuzinho Vermelho.

Um dia, sua mãe assou alguns bolos e disse a ela:

– Vá ver como está sua avó, pois me disseram que ela está doente. Leve para ela um bolo e este potinho de manteiga.

Chapeuzinho Vermelho então partiu imediatamente para a vila onde sua avó morava. No caminho, ela teve de atravessar um bosque, e lá encontrou o velho e astuto Sr. Lobo, que sentiu muita vontade de devorá-la ali mesmo, mas ficou com medo, pois havia lenhadores na floresta. Ele lhe perguntou aonde ela estava indo, e a pobre menina, sem saber como era perigoso parar e dar ouvidos a um lobo, respondeu:

– Vou visitar minha avó, e estou levando um bolo e um potinho de manteiga que minha mãe está mandando para ela.

– Ela mora longe daqui? – perguntou o lobo.

– Ah, sim! – respondeu Chapeuzinho Vermelho. – É do outro lado daquele moinho que se vê ali; a casa dela é a primeira da vila.

– Bem, eu também estava pensando em visitá-la – disse o lobo. – Eu vou por este caminho e você vai pelo outro; vamos ver quem chega lá primeiro.

O lobo então correu o mais rápido que podia pelo caminho mais curto, o qual ele tinha escolhido, enquanto a pobre menininha foi pelo caminho mais longo, parando para colher nozes, correndo atrás de borboletas e fazendo raminhos com todas as flores que encontrava.

O lobo não demorou para chegar à casa da avó. Ele bateu na porta: *toc, toc.* – Quem é?

– É a sua neta, Chapeuzinho Vermelho – respondeu o lobo, imitando a voz da menina. – Eu trouxe um bolo e um potinho de manteiga, que minha mãe mandou para a senhora. A boa avó, que estava doente na cama, respondeu: – Puxe a cordinha para levantar o trinco. O lobo puxou a cordinha e a porta se abriu. Ele pulou na pobre velha e a devorou no mesmo instante, pois já fazia três dias que não comia. Ele então fechou a porta novamente e deitou-se na cama da avó para esperar Chapeuzinho Vermelho. Logo depois ela chegou e bateu na porta: *toc, toc.*

– Quem está aí?

Chapeuzinho Vermelho no começo ficou assustada ao ouvir a voz rouca do lobo, mas achou que sua avó estava resfriada, então respondeu:

– É a sua neta, Chapeuzinho Vermelho. Eu trouxe um bolo e um potinho de manteiga que minha mãe mandou para a senhora.

O lobo então disse, com uma voz mais mansa:

– Puxe a cordinha para levantar o trinco.

Chapeuzinho Vermelho puxou a cordinha e a porta se abriu.

Quando o lobo a viu entrar, escondeu-se embaixo dos lençóis e lhe disse:

– Coloque o bolo e o potinho de manteiga no armário, e venha se deitar comigo.

Chapeuzinho Vermelho tirou a roupa e deitou-se na cama, e ficou muito espantada ao ver como sua avó era diferente de quando estava arrumada.

Clássicos de todos os tempos

– Vovó – ela exclamou –, que braços grandes a senhora tem!
– São para abraçar você melhor, minha garotinha.
– Vovó, que pernas grandes a senhora tem!
– São para correr melhor, minha filha.
– Vovó, que orelhas grandes a senhora tem!
– São para ouvir melhor, minha filha.
– Vovó, que olhos grandes a senhora tem!
– São para enxergar melhor, minha filha.
– Vovó, que dentes grandes a senhora tem!
– São para comer você melhor! – disse o lobo, pulando em Chapeuzinho Vermelho e devorando-a.

MORAL

Jovens, eu lhes peço: prestem atenção, especialmente moças belas e gentis. Quando encontrarem qualquer tipo de gente, tomem cuidado para não ouvir o que dizem; pois não se pode estranhar que o lobo decida comer alguns que lhe derem ouvidos. Digo "lobo", mas os lobos são muitos e variados; há uns que têm bons modos e são mansos, sem maldade ou ira. Estes, meigos e gentis, gostam de seguir suas jovens e doces vítimas até suas casas, mas ai! Quem de nós ainda não aprendeu que o lobo mais perigoso é o inimigo cortês e de fala mansa!

CINDERELA

    Era uma vez um nobre que tomou como segunda esposa a mulher mais arrogante e presunçosa que já existiu. Suas duas filhas tinham o mesmo temperamento e se pareciam com a mãe em tudo. O marido, por sua vez, tinha uma filha de gentileza e bondade extraordinárias. Ela havia herdado essas qualidades da mãe, que tinha sido a melhor criatura do mundo.

    A cerimônia de casamento mal tinha terminado, quando o humor azedo da madrasta se revelou. A madrasta não suportava a menina mais nova, cujas qualidades tornavam as filhas dela ainda mais detestáveis. Ela a punha para fazer os serviços mais pesados da casa, como lavar a louça, varrer as escadas e esfregar o chão dos quartos da madrasta e das filhas.

    A menina dormia no sótão da casa, em um colchão imprestável feito de palha, enquanto as irmãs ocupavam quartos com piso de madeira, dormiam nas camas mais gostosas e tinham espelhos em que conseguiam se ver da cabeça aos pés. A pobre menina suportava tudo com paciência e não se atrevia a reclamar com o pai, que teria simplesmente lhe dado uma bronca, pois era totalmente dominado pela esposa. Quando terminava o trabalho, ela costumava ir até a lareira sentar-se perto dos borralhos, que são as cinzas já apagadas, mas ainda quentes;

isso fez com que todos na casa a apelidassem de Gata Borralheira. Mas a segunda filha, que não era tão grosseira quanto sua irmã mais velha, chamava-a de Cinderela. Apesar dos borralhos e das roupas humildes, porém, Cinderela ainda era mil vezes mais bonita do que as duas irmãs, embora elas usassem roupas magníficas.

Acontece que o filho do Rei ia dar um baile, para o qual convidaria todas as pessoas que tivessem uma boa posição na sociedade e fossem conhecidas. Após muito se exibirem na vizinhança, as duas senhoritas receberam um convite. Ficaram exultantes e ocupadíssimas com a escolha dos melhores vestidos e penteados. Isso tudo era mais um sofrimento para a pobre Cinderela, que era quem precisava passar a ferro os trajes elegantes e repletos de pregas. Ninguém falava de nada que não fosse o estilo do que iria vestir.

– Eu – disse a mais velha – vou usar meu vestido de veludo vermelho debruado com renda.

– Eu – disse a mais nova – vou usar a saia de sempre, mas, para compensar, usarei meu manto de flores douradas e meu broche de diamante, que é dos mais valiosos.

Elas mandaram chamar um chapeleiro da mais alta categoria, para que os adornos de cabeça fossem feitos de acordo com a moda, e compraram os materiais do melhor fabricante. Elas pediram a opinião de Cinderela, que tinha um bom gosto notável. Cinderela deu as melhores dicas do mundo e até se ofereceu para lhes servir de cabeleireira, o que elas aceitaram de muito bom grado.

Enquanto ela estava ocupada fazendo o penteado das duas, elas perguntaram:

– Cinderela, você gostaria de ir ao baile?

– Ai de mim, vocês só se divertem às minhas custas! Eu não teria como ir!

– Você tem razão; todos dariam muita risada ao ver uma borralheira no baile!

Clássicos de todos os tempos

Qualquer outra teria feito o cabelo das irmãs de um modo estranho e feio, menos Cinderela, que era muito gentil e bem-disposta, e os arrumou com perfeição. Durante quase dois dias, de tanta alegria, nenhuma das duas conseguiu comer. Mais de uma dúzia de espartilhos foi quebrada na tentativa de afinar a cintura delas, e ambas ficavam o tempo todo se admirando na frente do espelho. Finalmente chegou o grande dia. Elas partiram e Cinderela as acompanhou com o olhar até que sumiram na distância. Quando estavam fora do alcance de seus olhos, ela começou a chorar. Sua fada madrinha, que a viu se debulhando em lágrimas, perguntou qual era o problema.

– Eu queria tanto, eu queria tanto – e soluçava com tamanha força que não conseguia terminar a frase.

– Você queria tanto ir ao baile, não é isso?

– É, pobre de mim – confirmou Cinderela, com um suspiro.

– Bem, se você for uma boa menina, eu vou garantir que você vá – a fada madrinha levou Cinderela para o quarto e lhe disse: – Vá ao jardim e me traga uma abóbora.

Cinderela foi depressa, escolheu a mais bonita de todas e entregou para a fada, perguntando a si mesma como uma abóbora poderia tornar possível sua ida ao baile. A fada escavou o miolo da abóbora até deixar só a casca; depois agitou sua varinha de condão e a fruta imediatamente se transformou em uma formosa carruagem, toda decorada. Em seguida, foi espiar a armadilha para camundongos, onde encontrou seis, todos vivos. Ela pediu que Cinderela levantasse a portinhola, e em cada um que correu para fora da gaiola ela deu um toque com a varinha, transformando todos, imediatamente, em belos cavalos, de modo que no fim lá estava uma fileira de lindas montarias de pelo cinza rajado. Como a fada madrinha estava com um pouco de dificuldade para encontrar algo que pudesse transformar em um cocheiro, Cinderela falou:

– Eu vou ver se na ratoeira tem alguma coisa; se tiver um rato, vamos usar para fazer o cocheiro.

– Você tem razão – concordou a fada. – Vá ver.

Cinderela trouxe a armadilha, na qual havia três ratos grandes. A fada escolheu o que tinha a barba maior, tocou nele com a varinha, e pronto! Lá estava um cocheiro gordo, com as suíças mais peludas que alguém já viu. Então ela disse:

– Vá ao jardim e lá, atrás do regador, você vai encontrar seis lagartos; traga para mim.

Cinderela os levou em um piscar de olhos, e a fada madrinha os transformou em meia dúzia de pajens uniformizados com fardas rendadas. Eles saltaram para a parte traseira da carruagem e se acomodaram como se nunca tivessem feito outra coisa na vida. A boa fada então disse para Cinderela:

– Bem, agora você tem como chegar ao baile; você está contente?

– Sim, mas vou com estas roupas esfarrapadas e encardidas?

A fada a tocou de leve com a varinha de condão e no mesmo instante os trapos foram transformados em um vestido de ouro e prata, enfeitado de pedras preciosas. Em seguida ela lhe deu um par de sapatinhos de cristal, os mais belos do mundo. Assim arrumada, ela entrou na carruagem; mas a fada madrinha falou que o mais importante de tudo era não ficar no baile além da meia-noite, avisando que, se ela permanecesse um minuto a mais, a carruagem iria de novo virar uma abóbora; os cavalos voltariam a ser camundongos; os pajens, lagartos; e as roupas, os velhos trapos de antes. Ela prometeu à fada madrinha que não se atrasaria em sair do baile antes da meia-noite e partiu, quase fora de si de tanta alegria.

O filho do rei, que tinha sido informado sobre uma grande princesa que havia chegado e que ninguém conhecia, correu para recebê-la. Ele lhe ofereceu a mão para que ela saísse da carruagem e a conduziu para o salão onde os convidados estavam reunidos. Imediatamente, um silêncio mortal baixou sobre todos; a dança foi interrompida e os violinistas pararam de tocar, de tão hipnotizados que ficaram com a beleza extraordinária da moça desconhecida. Não se ouvia nada além de murmúrios generalizados de "Ah, mas ela é adorável!". O próprio rei, idoso como era, não conseguia desviar os olhos, e comentou com a rainha que há muito tempo não via uma pessoa tão amável e bondosa. Todas as mulheres estavam muitíssimo ocupadas examinando o penteado dela e também o vestido, o qual elas pretendiam copiar logo no dia seguinte, desde que conseguissem encontrar materiais igualmente nobres e costureiras tão espertas e capazes quanto as que tinham feito aquele.

O filho do rei primeiro a levou até o assento mais ilustre e depois a tirou para dançar. Ela bailava com tanta graça que a admiração de todos só aumentava. Uma ceia esplêndida foi servida, mas o príncipe não conseguiu comer nem uma migalha, pois estava totalmente absorto contemplando toda aquela beleza. Ela sentou ao lado das irmãs e foi muito gentil, repartindo com as duas as laranjas e os limões que o príncipe tinha lhe oferecido; as irmãs ficaram surpresas com essa delicadeza, pois a moça lhes parecia uma perfeita desconhecida.

Enquanto elas conversavam, Cinderela ouviu as badaladas do relógio indicando que eram onze horas e quarenta e cinco minutos. No mesmo instante, ela fez uma mesura aos demais convidados e foi embora o mais rápido que conseguiu. Assim que chegou em casa, foi conversar com a fada madrinha. Depois de agradecer várias vezes, falou que gostaria muito de ir ao baile de novo no dia seguinte, pois o filho do rei a havia convidado. Ela estava contando à fada tudo que tinha acontecido, quando suas irmãs bateram à porta. Cinderela abriu.

– Como vocês estão voltando tarde! – ela exclamou, bocejando, esfregando os olhos e depois se espreguiçando como se tivesse acabado de acordar, apesar de não ter sentido um pingo de sono desde que tinha ido embora da festa.

– Se você tivesse ido ao baile – uma das irmãs respondeu –, não ia achar estranho. Estava lá uma linda princesa, a princesa mais linda do mundo. Ela nos cobriu de atenção e nos deu laranjas e limões.

Cinderela estava fora de si de contentamento e perguntou às irmãs o nome da princesa, mas elas responderam que ninguém a conhecia, que o filho do rei tinha ficado bastante intrigado com isso e que daria tudo no mundo para saber quem ela era. Cinderela sorriu e falou:

– Então ela era adorável? Que sortudas vocês são! Será que eu não poderia ver esta princesa só por um momento? Ah, pobre de mim. Senhorita Javotte, me empresta aquele vestido amarelo que você usa todo dia.

– Ah, mas é claro! – a senhorita Javotte respondeu. – Até parece que eu vou emprestar meu vestido para uma borralheira como você! Eu teria que ser louca!

Essa era exatamente a resposta que Cinderela esperava e ela ficou contente com a recusa, pois não saberia o que fazer se a irmã decidisse emprestar o vestido.

No dia seguinte, as irmãs foram de novo ao baile e Cinderela também, só que vestida de um modo ainda mais esplêndido do que na noite anterior. O filho do rei não saiu do lado dela nem parou de lhe dizer palavras agradáveis. Cinderela estava se divertindo tanto que esqueceu o aviso da fada madrinha, e quando ouviu o relógio começar a bater as doze badaladas, achava que ainda nem seriam onze horas. Ela se levantou e saiu correndo como uma gazela. O príncipe a seguiu, mas não conseguiu alcançá-la. Na pressa, ela perdeu um dos sapatinhos, que o príncipe recolheu com todo o cuidado. Cinderela chegou em casa ofegante, sem cocheiro nem pajem, e vestida com os trapos habituais, sem que nada restasse de seus belos trajes a não ser um dos sapatos, o par daquele que ela havia perdido. Os guardas do palácio foram questionados se acaso não teria passado por ali uma princesa; eles responderam que não tinham visto passar ninguém, a não ser uma pobre mocinha muito mal vestida, que tinha mais a aparência de uma camponesa do que de uma nobre.

Quando as duas irmãs chegaram do baile, Cinderela lhes perguntou se tinham se divertido tanto quanto antes e se a moça linda tinha estado presente. Elas responderam que sim, mas que ela havia partido assim que soaram as doze badaladas, e em tamanha pressa que tinha perdido um de seus adoráveis sapatinhos de cristal; que o filho do rei o havia recolhido e que pelo resto da noite não tinha feito nada além de olhar para ele; e que sem dúvida ele estava muito apaixonado pela pessoa maravilhosa a quem o pequeno calçado pertencia. As duas estavam dizendo a verdade, pois poucos dias depois o filho do rei fez com que fosse proclamado, ao som de trombetas, que ele se casaria com aquela cujo pé se encaixasse perfeitamente nele. Eles começaram tentando calçar o sapatinho em princesas, depois em duquesas e assim por diante, em todas as mulheres da corte; mas foi em vão. Depois o levaram até as duas irmãs, que fizeram a maior força para enfiar o pé nele, mas não conseguiram. Cinderela, que estava ao lado observando tudo e reconheceu o sapatinho, disse, dando risada:

– Deixe-me ver se ele não serve em mim.

As irmãs começaram a zombar e a rir dela. Mas o cavalheiro da corte que tinha recebido a missão de testar o calçado, olhando para Cinderela e constatando que ela era muito bonita, disse que era justo que seu pedido fosse atendido, pois ele recebera ordens de provar o sapatinho em todas as moças solteiras do reino, sem exceção. Ele convidou Cinderela a se sentar e, calçando o sapato no pezinho dela, viu que ele deslizava com facilidade e se encaixava com perfeição. O assombro das duas irmãs foi imenso, mas ficou ainda maior quando Cinderela tirou do bolso o par do sapatinho, e o calçou no outro pé. Nessa hora apareceu a fada madrinha, que tocou em Cinderela com a varinha de condão, e transformou suas roupas em trajes ainda mais magníficos do que os que ela havia usado antes.

As duas irmãs então a reconheceram como a linda figura que tinham visto no baile. Elas se atiraram aos pés de Cinderela e imploraram perdão por todos os maus-tratos que lhe haviam imposto. Cinderela se levantou e as abraçou, afirmando que perdoava as duas de todo o coração, e pedindo que elas a amassem de verdade pelo resto da vida. Ela foi conduzida, vestida como estava, à presença do príncipe. Ele a achou mais encantadora do que nunca e se casou com ela poucos dias depois. Cinderela, que era tão gentil quanto bonita, deu a cada irmã um quarto no palácio e no mesmo dia casou as duas com dois grandes nobres do reino.

Charles Perrault

A beleza é um tesouro raro em uma mulher
E o belo ninguém se cansa de admirar,
Mas um temperamento doce é bem melhor
E valoriza mais a jovem que o desejar.

Essa foi a bênção derramada em Cinderela
Pela sábia fada madrinha; sua maior glória.
O resto é ouro de tolo ao qual ninguém dá trela
Essa é a moral desta pequena história.

Doçura e charme importam mais que o que se veste
E conquistam um coração com muito mais facilidade.
Em resumo: para ter sucesso, de tudo que se investe,
O verdadeiro presente de fada é a amabilidade.

Talento, coragem, juízo e honra
São qualidades que ajudam na subida
Mas os sábios dizem que para vencer na vida
Você vai sempre precisar de uma ajudinha
De alguém que te ame como uma fada madrinha.

O GATO DE BOTAS

O dono de um moinho repartiu entre os três filhos todas as suas posses, as quais consistiam apenas de um Moinho, um Asno e um Gato. Não levou muito tempo para dividir as propriedades, e nem um tabelião nem um advogado foram chamados; em breve, eles teriam vendido todo o parco patrimônio para comer. O filho mais velho ficou com o Moinho; o segundo filho, com o Asno; e o mais novo não herdou nada além do Gato.

O caçula estava desconsolado por receber uma parte tão insignificante da herança.

– Meus irmãos – ele disse – vão ser capazes de ganhar a vida honestamente se formarem uma parceria; mas eu, depois de ter comido o meu Gato e usado a pele para fazer um agasalho para as mãos, vou morrer de fome.

O Gato, que apesar de não demonstrar, tinha ouvido o lamento e respondeu para ele com um ar sereno e sério:

– Não se aflija, meu amo; você só precisa me dar uma mochila e conseguir para mim um par de botas com as quais eu possa andar pelo mato, e vai ver que não está em tão má posição como imagina.

O amo não depositou muita confiança nas palavras do Gato, porém, como já tinha visto o bichano realizar truques muito habilidosos para apanhar ratos e camundongos, como ficar de pé nos calcanhares ou se esconder no meio da farinha se fingindo de morto, sentiu uma leve esperança de conseguir superar aquela situação com a ajuda dele.

Assim que recebeu o que tinha solicitado, o Gato calçou as botas com grande determinação e, pendurando a mochila no pescoço, agarrou as cordinhas com as patas dianteiras e partiu para um lugar onde havia uma grande quantidade de coelhos. Ele colocou um pouco de farelo e temperos na mochila e depois, deitando esticado como se tivesse morto, esperou até que coelhinhos jovens, pouco conhecedores das malícias do mundo, se aproximassem para espiar a mochila e comer o que houvesse dentro.

Ele mal tinha acabado de se deitar quando teve o prazer de ver um coelho desmiolado entrar na mochila, momento em que o Mestre Gato imediatamente puxou as cordinhas e o matou sem misericórdia. Orgulhoso de sua presa, ele foi ao palácio e pediu para falar com o Rei. Foi conduzido pelas escadarias, adentrou o aposento real e, após fazer uma profunda reverência, disse:

– Vossa Majestade, aqui está um coelho selvagem que o meu senhor, Marquês de Carabás (pois este foi o título extravagante que ele inventou para dar ao amo), me ordenou oferecer, junto com seus respeitos, para vossa Majestade.

– Diga a seu amo – respondeu o rei – que eu agradeço e fiquei satisfeito com o presente dele.

Em outro dia, ele se escondeu no meio do trigo, mantendo a mochila aberta como antes; assim que viu um par de perdizes correr para dentro dela, puxou as cordas e capturou ambas. Imediatamente ele partiu e as ofereceu ao Rei, como tinha feito com o coelho. O Rei ficou igualmente grato ao ganhar as perdizes e ordenou que lhe fosse oferecida uma bebida.

Pelos dois ou três meses seguintes, o Gato continuou a levar de vez em quando para o Rei o fruto de suas caçadas, e a entregar os presentes em nome do amo. Um dia, sabendo que o Rei ia passar pela margem do rio em companhia da filha, a mais bela Princesa do mundo, ele disse ao amo:

– Se seguir meu conselho, sua sorte estará garantida; você só precisa ir se banhar na parte do rio que eu vou indicar e deixar o resto comigo.

Clássicos de todos os tempos

O Marquês de Carabás fez conforme o Gato aconselhou, sem imaginar o que poderia sair dali. Enquanto ele se banhava, o Rei passou, e o Gato começou a gritar com toda a força: "Socorro! Socorro! Meu amo, o Marquês de Carabás, está se afogando!". Ouvindo os gritos, o Rei olhou para fora da janela da carruagem e, reconhecendo o Gato que tantas vezes tinha lhe levado caças, ordenou aos guardas que fossem voando ajudar o nobre Marquês de Carabás. Enquanto eles tiravam o coitado do Marquês do rio, o Gato subiu até a carruagem real, entrou e contou que, enquanto o amo se banhava, uns vigaristas haviam roubado as roupas dele, apesar de o Gato ter gritado "Pare, seu ladrão!" o mais alto que conseguiu. O Gato então escondeu pessoalmente as roupas do amo debaixo de uma grande pedra. O Rei na mesma hora ordenou que os responsáveis por seu guarda-roupa fossem buscar um de seus lindos trajes para o Marquês de Carabás. O Rei abraçou o Marquês muitas vezes. As finas roupas que vestiram nele valorizaram sua aparência, pois o Marquês de Carabás era bonito e bem apessoado. Ele se encantou com a filha do Rei, e depois de, com todo o respeito, ter lançado dois ou três olhares carinhosos, ela se apaixonou perdidamente por ele. O Rei insistiu para que ele entrasse na carruagem e os acompanhasse no passeio. O Gato, deliciado ao ver que seus planos estavam começando a funcionar, disparou na frente. Ao encontrar uns camponeses ceifando o campo, disse-lhes:

– Gente boa ceifando aqui: se não disserem ao Rei que este terreno pertence ao meu senhor, o Marquês de Carabás, vocês serão feitos em pedacinhos como carne moída.

Ao passar por lá o Rei perguntou aos camponeses a quem pertencia o campo que estavam ceifando.

– Pertence ao senhor Marquês de Carabás – responderam ao mesmo tempo, pois a ameaça do Gato havia assustado todos eles.

– Você tem uma bela propriedade aqui – disse o Rei ao Marquês de Carabás.

– Se assim diz Vossa Majestade – respondeu o Marquês de Carabás.
– É um terreno que todo ano dá uma colheita abundante.

O Mestre Gato, que continuava na frente do grupo, encontrou alguns agricultores, e disse-lhes:

Charles Perrault

– Gente boa colhendo aqui: se não disserem ao Rei que este milho pertence ao meu senhor, o Marquês de Carabás, vocês serão feitos em pedacinhos como carne moída.

O Rei, que passou por lá um minuto depois, quis saber a quem pertenciam os milharais que ele viu.

– Ao senhor Marquês de Carabás – repetiram os agricultores, e o Rei de novo cumprimentou o Marquês pela propriedade.

O Gato, ainda correndo adiante da carruagem, fez a mesma ameaça a todos que encontrou, e o Rei ficou espantado com a enorme riqueza do nobre Marquês de Carabás. O Mestre Gato por fim chegou a um lindo castelo, cujo dono era um ogro; tratava-se do ogro mais rico que já tinha existido, pois todas as terras que o Rei estava percorrendo pertenciam ao senhor deste castelo. O Gato tomou o cuidado de descobrir quem era o ogro e o que ele era capaz de fazer; depois, pediu para falar com ele, dizendo que não gostaria de passar tão perto do castelo sem ter a honra de prestar seus respeitos a ele. O ogro o recebeu com tanta civilidade quanto um ogro é capaz de demonstrar e o convidou a se sentar.

– Me disseram – falou o Gato – que você tem o poder de se transformar em todos os tipos de animais; que poderia virar, por exemplo, um leão ou um elefante.

– É verdade – o ogro respondeu, bruscamente. – E para provar, vou me transformar em um leão.

O Gato ficou tão assustado quando viu um leão à sua frente que num instante escalou e se pendurou na calha, não sem dificuldade e perigo, pois para caminhar em cima de telhas aquelas botas eram piores do que inúteis. Pouco depois, vendo que o ogro havia retomado sua forma natural, o Gato rastejou de volta para baixo e admitiu que tinha ficado morrendo de medo. Ele falou:

– Me garantiram também, mas eu não acreditei, que você tem o poder de se transformar nos menores animais; por exemplo, num camundongo ou num rato; mas confesso que considero isso totalmente impossível.

– Impossível! – exclamou o ogro. – Você vai ver.

Na mesma hora ele virou um camundongo e começou a correr pelo chão. O Gato o seguiu com os olhos, no momento certo o esmagou com um soco e o comeu.

Clássicos de todos os tempos

Enquanto isso, o Rei estava passando na frente do castelo do ogro e pensando que gostaria de entrar. O Gato escutou o ruído da carruagem avançando pela ponte levadiça, foi até lá e disse para o Rei:

– Vossa Majestade é bem-vinda ao castelo do meu senhor, o Marquês de Carabás.

– Ora, senhor Marquês – exclamou o Rei –, então este castelo lhe pertence? Nada poderia ser mais elegante do que este pátio, com todas estas construções que o rodeiam. Permita nossa entrada para conhecermos o interior, eu lhe peço.

O Marquês ajudou a jovem Princesa a descer e seguiu o Rei, que foi na frente escadaria acima; eles entraram em um amplo salão, onde encontraram servida uma refeição magnífica, que o ogro tinha mandado fazer para receber alguns amigos, que iam visitá-lo naquele mesmo dia, mas que não se atreveram a entrar quando ouviram dizer que o Rei estava lá. O Rei, tão encantado com a condição do senhor Marquês de Carabás quanto a filha, que estava cada vez mais apaixonada, vendo a enorme fortuna que ele possuía, disse-lhe, após beber cinco ou seis taças:

– Depende exclusivamente de você, senhor Marquês, tornar-se ou não meu genro.

O Marquês, fazendo várias profundas reverências, aceitou a honra que o Rei havia oferecido, e naquele mesmo dia se casou com a Princesa. O Gato se tornou um nobre importante e nunca mais caçou camundongos, a não ser por diversão.

> A vantagem de herdar uma maravilhosa propriedade
> Não é tão grande quanto conquistar uma raridade.
> Combinando esforço e astúcia, jovens têm aprendido
> Que conseguem mais do que se tivessem dependido.
>
> Se o filho de um moleiro pode depressa
> Conquistar o coração de uma princesa
> Então fica claro que com boa aparência
> Bons modos e uma ajudinha das vestes
> Até o mais humilde atinge o sucesso.

PEQUENO POLEGAR

Era uma vez um lenhador, a esposa dele e os sete filhos do casal, todos meninos. O mais velho só tinha dez anos e o mais novo, sete. As pessoas se admiravam que o lenhador tivesse tantas crianças de idades tão próximas, mas o fato era que muitas delas eram gêmeas. Ele e a esposa eram muito pobres e os sete filhos eram um grande fardo para eles, já que nenhum tinha, ainda, como ganhar o próprio sustento. O que os angustiava ainda mais era o fato de o mais novo ser muito delicado e pouco falador, o que os pais consideravam uma prova de burrice e não de bom senso. Ele era minúsculo quando nasceu, pouco maior que um polegar, e por isso eles o chamaram de Pequeno Polegar.

A pobre criança era o bode expiatório da casa e levava a culpa por tudo que acontecia. Apesar disso, era o mais astuto e o mais sensato de todos os irmãos; falava pouco, mas ouvia muito.

Chegou um ano em que a colheita foi terrível e a fome se tornou tão aguda que o pobre casal decidiu se livrar dos filhos. Certa noite, quando os pequenos estavam na cama e o lenhador estava sentado junto ao fogo com a esposa, ele disse a ela, com o coração partido:

– Está evidente que não temos mais como encontrar comida para os nossos filhos. Eu não posso suportar que eles morram de fome bem diante dos meus olhos, então resolvi levá-los à floresta, amanhã, e deixá-los para trás. Isso vai ser fácil, porque enquanto eles estiverem recolhendo gravetos nós só precisamos fugir sem que eles vejam.

– Ah! – exclamou a esposa. – E você vai ter coragem de sair correndo dos seus próprios filhos?

Inutilmente o lenhador tornou a conversar com ela sobre a pobreza da família, mas a esposa não concordava com o plano. Ela podia ser pobre, mas era a mãe deles. Porém, após algum tempo, tendo refletido sobre o sofrimento que seria vê-los morrer de fome, ela acatou a proposta do marido e foi para a cama chorando muito.

O Pequeno Polegar tinha escutado tudo que conversaram, pois, tendo descoberto, quando ainda estava na cama, que os pais estavam conversando sobre a situação que estavam passando, ele se levantou silenciosamente e se escondeu debaixo da cadeira do pai, para ouvir o que diziam sem ser visto. Depois ele foi para a cama de novo, mas pelo resto da noite não conseguiu pregar os olhos, pensando no que deveria fazer. Pela manhã, ele foi até a margem do riacho, encheu os bolsos de seixos e voltou para casa. Mais tarde, saíram todos juntos, e o Pequeno Polegar não contou aos irmãos uma palavra do que tinha ouvido. Eles entraram em uma floresta de vegetação tão densa que, a dez passos de distância, um já não conseguia mais ver o outro. O lenhador começou a cortar madeira, e as crianças, a pegar folhas de capim para amarrar os gravetos. O pai e a mãe, vendo os filhos ocupados com essa tarefa, foram se afastando cada vez mais e mais, e depois, de repente, desceram correndo uma passagem cheia de curvas.

Quando as crianças se viram sozinhas, começaram a gritar e chamar com toda a força. O Pequeno Polegar deixou que berrassem, sabendo muito bem que ele conseguiria voltar para casa, já que durante toda a ida para a floresta ele havia deixado cair, pelo caminho, os seixos que trazia no bolso. Então ele disse:

– Não tenham medo, irmãos; o pai e a mãe nos deixaram aqui, mas eu vou levar vocês em segurança de volta pra casa; é só me seguir.

Clássicos de todos os tempos

Eles o seguiram, e Pequeno Polegar os conduziu de volta pelo mesmo caminho que haviam percorrido na ida. Primeiro, tiveram medo de entrar, então ficaram perto da porta para ouvir o que o pai e a mãe estavam falando. Acontece que, por acaso, bem na hora que o casal tinha chegado em casa, o proprietário das terras mandou entregar dez moedas, que ele já estava devendo há tanto tempo que o lenhador e a esposa nem tinham mais esperança de receber. Foi como nascer de novo, pois as pobres criaturas estavam famintas. O lenhador imediatamente mandou a esposa até o açougue e como fazia muito tempo desde que eles tinham comido carne pela última vez, ela comprou três vezes mais do que o necessário para o jantar de duas pessoas. Quando tinham saciado o apetite, a esposa falou:

– Ah, meus filhinhos, onde será que eles estão, agora? Eles ficariam tão felizes de comer o que sobrou da nossa refeição. Mas você, William, deixou as crianças para trás. Eu bem que falei que não deveríamos fazer aquilo. O que será que estão fazendo lá na floresta? Coitados! Deus me ajude! Vai ver que os lobos já devoraram todos! Que homem cruel você é, abandonar seus filhos!

Até que, no fim, o lenhador começou a perder a paciência, porque ela repetiu mais de vinte vezes que eles iam se arrepender do que tinham feito, e que ela bem tinha avisado que isso aconteceria. Ele ameaçou bater nela se ela não segurasse a língua. Não é que o lenhador não estivesse triste, talvez até mais triste do que a esposa; é que ela estava fazendo muito barulho com a situação, e ele era como tantas outras pessoas, que admiram as mulheres que dizem a coisa certa, mas se aborrecem quando elas estão certas sempre. A esposa era só lágrimas.

– Pobre de mim, onde estarão minhas crianças agora, minhas pobres crianças?

Ela derramava seus lamentos em voz tão alta que as crianças, que ainda estavam do lado de fora junto à porta, ouviram, e começaram a chamar, todas juntas: "Aqui estamos nós! Nós estamos aqui!". Ela correu para a porta e a abriu, abraçou todos eles e exclamou:

– Ah, como estou aliviada de ver vocês de novo, meus filhos queridos! Vocês devem estar cansados e com fome. E você, Peter, está tão sujo! Venha aqui, deixe-me limpar você.

Peter era o filho mais velho e ela o amava mais do que amava os outros, pois ele era ruivo como ela mesma. Eles se sentaram para jantar e comeram com um apetite que encantou o pai e a mãe, a quem as crianças agora estavam contando como ficaram apavorados na floresta, e praticamente falavam todos ao mesmo tempo. Aquelas boas pessoas ficaram mais do que alegres de ter as crianças em casa mais uma vez, e essa alegria durou tanto quanto as dez moedas. Quando o dinheiro tinha sido gasto, porém, eles caíram de novo na mesma situação de penúria, e decidiram, de novo, abandonar as crianças. Para garantir, resolveram que desta vez levariam os filhos para muito mais longe do que eles tinham ido antes.

Eles não conseguiram manter segredo de seus planos, porque o Pequeno Polegar ouviu a conversa; ele pensou que conseguiria superar a dificuldade usando o mesmo jeito que da primeira vez; porém, embora tenha se levantado muito cedo para ir buscar os seixos, não teve sucesso na empreitada, pois descobriu que a porta da casa estava duplamente trancada. Ele estava nesse estado de aflição sobre o que fazer, quando a mãe deu a cada filho um pedaço de pão no café da manhã, e ele teve a ideia de usar o pão no lugar dos seixos, deixando pedacinhos caírem ao longo do caminho conforme avançassem; então ele guardou o pão no bolso. O pai e a mãe levaram os filhos até a parte mais densa e escura da floresta, e assim que chegaram lá, tomaram um atalho e largaram as crianças. O Pequeno Polegar não se incomodou muito, pois acreditava que poderia facilmente encontrar o caminho de volta com a ajuda das migalhas que tinha espalhado conforme passava; mas levou um susto enorme ao não encontrar nem um pedacinho de pão: os pássaros tinham vindo e comido até a última migalha. Desta vez, as pobres crianças ficaram de fato apavoradas; quanto mais perambulavam, mais mergulhavam nas profundezas da mata. A noite chegou e começou a

Clássicos de todos os tempos

soprar um vento forte que os encheu de terror. Eles tinham a impressão de que, de todos os lados, chegavam os uivos de lobos, que vinham na direção deles para devorá-los. Mal se atreviam a conversar ou a olhar para trás. Então caiu uma chuva pesada que os encharcou até os ossos; eles escorregavam a cada passo, tropeçando na lama, da qual saíram cobertos de sujeira da cabeça aos pés, sem saber o que fazer das mãos. O Pequeno Polegar escalou uma árvore para tentar ver se lá de cima conseguia enxergar alguma coisa. Depois de olhar para todos os lados, identificou uma luz fraquinha, como se fosse uma vela, mas estava bem longe, do outro lado da floresta. Ele desceu de novo e quando chegou ao chão não conseguia mais vê-la. Isso o deixou desesperado, mas, tendo caminhado com os irmãos por algum tempo na direção da luz, localizou-a de novo quando saíram da floresta.

Após percorrerem uma grande distância, eles chegaram à casa onde a vela estava brilhando, mas não sem antes passar por vários sustos, pois a toda hora eles perdiam de vista a chama, e sempre quando estavam em partes baixas do terreno. Bateram bem forte na porta, e uma boa senhora veio abrir. Ela perguntou o que eles queriam. Pequeno Polegar respondeu que eles eram crianças pobres que tinham se perdido na floresta, e implorou que ela os acolhesse por uma noite, em nome da caridade. A mulher, vendo que eles todos eram muito bonitos, começou a chorar, e falou:

– Coitados de vocês, meus pobres meninos, justo onde vocês vieram parar! Vocês não sabem que esta é a casa de um ogro que come criancinhas?

– Oh, não! – exclamou o Pequeno Polegar, tremendo da cabeça aos pés, como, aliás, todos os irmãos. – O que vamos fazer? Com certeza seremos devorados pelos lobos se a senhora não nos der abrigo e, se der, seremos devorados pelo ogro. Mas quem sabe ele nos poupa, se a senhora puder fazer a gentileza de pedir.

A esposa do ogro, pensando que talvez conseguisse esconder os pequenos do marido até a manhã seguinte, deixou que as crianças entrassem e as conduziu para onde poderiam se aquecer, junto à lareira, onde uma ovelha tostava no espeto; era o jantar do ogro.

    Bem quando eles estavam começando a se esquentar, duas ou três batidas bem altas soaram na porta. Era o ogro voltando para casa. A esposa imediatamente fez as crianças se esconderem debaixo da cama, e foi abrir. O ogro primeiro perguntou se o jantar estava pronto, se ela havia servido o vinho e com isso ele sentou para comer. A carne ainda estava crua, mas ele gostava mais ainda quando era assim. Ele farejou para a direita e para a esquerda, comentando que sentia cheiro de carne fresca.

    – Deve ser o vitelo que acabei de esfolar – disse a esposa.

    – Estou te dizendo, sinto cheiro de carne fresca – o ogro repetiu, lançando um olhar zangado na direção dela. – Está acontecendo aqui alguma coisa que eu não estou entendendo.

    Ao dizer isso, ele se levantou e foi na direção da cama.

    – Ah! Então era assim que você queria me enganar, sua desgraçada! Não sei o que me impede de comer você também! Sua sorte é ser tão velha! Mas aqui está uma caça que vem bem a calhar e que vai deliciar meus três amigos ogros que vêm me visitar em breve.

    Ele arrastou as crianças de sob a cama, uma após a outra. Elas se puseram de joelhos, implorando por misericórdia; mas estavam lidando com o mais cruel de todos os ogros, o qual, em lugar de sentir pena dos meninos, já os devorava com o olhar, enquanto dizia à esposa que eles dariam petiscos deliciosos, quando ela tivesse preparado um bom molho para acompanhar. Ele pegou uma grande faca e, enquanto seguia na direção das crianças de novo, afiava a lâmina em uma pedra comprida que segurava na mão esquerda. Ele já tinha agarrado uma delas, quando a esposa falou:

    – Pra que fazer isso a esta hora da noite? Por acaso não vai haver tempo suficiente amanhã?

    – Controla a língua, mulher – o ogro respondeu. – Assim a carne fica mais tenra.

– Mas você já comeu o suficiente por hoje – continuou a esposa.
– Um vitelo, duas ovelhas e metade de um porco.

– Você tem razão – disse o ogro. – Serve a janta, pra elas ficarem mais suculentas e depois põe todas pra dormir.

A boa senhora ficou aliviada e trouxe comida para os meninos; mas eles não conseguiram comer, pois estavam tomados pelo terror. Quanto ao ogro, ele sentou e começou a beber de novo, deliciando-se de pensar que teria um agrado tão especial para oferecer aos amigos. Ele enxugou uma dúzia de cálices a mais do que o habitual; isso o deixou pesado e sonolento, e o obrigou a ir pra cama.

O ogro tinha sete filhas ainda pequenas. As ogrinhas tinham uma bela constituição, pois viviam de carne fresca como o pai; mas elas possuíam olhos muito miúdos, redondos e cinzentos, narizes curvos e bocas enormes, com longos dentes pontudos e bem afastados. Por enquanto, ainda não eram muito malvadas, mas parecia que iriam se tornar, pois já mordiam criancinhas para sugar o sangue delas. Elas haviam sido mandadas para a cama bem cedo, e estavam todas as sete em uma cama única, espaçosa, cada qual com uma coroa de ouro na cabeça. No mesmo quarto havia uma segunda cama do mesmo tamanho. Foi nesta que a esposa do ogro colocou os sete meninos para dormir e depois ela própria se recolheu.

O Pequeno Polegar tinha reparado que as ogrinhas usavam coroas de ouro. Ele temia que o ogro se arrependesse de não ter comido os sete meninos no jantar daquele dia. Então, no meio da noite, ele se levantou, tirou sua touca de dormir e as dos irmãos e, com toda a delicadeza, colocou-as nas cabeças das filhas do ogro, depois de tirar as coroas delas e colocar em si e nos irmãos. Assim, o ogro poderia achar que eles eram as filhas e que elas eram os meninos que ele queria matar.

Tudo aconteceu como o Pequeno Polegar havia imaginado. O ogro acordou à meia-noite e se arrependeu de ter deixado para a manhã seguinte o que poderia ter feito na noite anterior. Assim sendo, saltou da cama, apanhou a grande faca e pensou: "Vamos lá ver como estão passando os maladrinhos. Desta vez, não vou pensar duas vezes antes de agir". Ele se afastou na ponta dos pés para o quarto das filhas e foi até a cama em que estavam os meninos, todos dormindo, exceto o Polegar, que ficou apavorado quando o ogro pôs a mão na cabeça dele do mesmo jeito que ele mesmo tinha posto para sentir a cabeça dos irmãos. O ogro, tateando as coroas, pensou: "Droga, eu estava prestes a fazer uma coisa horrível! É óbvio que bebi vinho demais na noite passada". Então ele se dirigiu à cama onde suas filhas estavam dormindo. Após sentir com a mão as toucas de dormir que antes tinham sido dos meninos, ele falou:

– A-há! Aqui estão os moleques. Mãos à obra!

E, dizendo isso, cortou a garganta das sete filhas.

Satisfeito com o serviço, ele voltou ao quarto e deitou ao lado da esposa. Assim que o ogro começou a roncar, Pequeno Polegar acordou os irmãos e lhes disse para se vestirem rápido e o seguirem em silêncio. Eles rastejaram até o jardim e saltaram um muro. Correram praticamente a noite toda, tremendo o tempo todo, sem saber para onde estavam indo. Ao acordar pela manhã, o ogro disse à esposa:

– Vai lá no quarto botar cobertura nos pequenos convidados que você abrigou ontem à noite.

A dona ogra ficou surpresa com a gentileza do marido, sem adivinhar o que ele queria dizer, e imaginando que ele queria que ela fosse vestir os meninos. Ela subiu e ficou horrorizada ao descobrir que suas próprias filhas tinham sido mortas. A primeira coisa que ela fez foi desmaiar, porque essa é a primeira coisa que quase todas as mulheres fazem, em situações desse tipo. O ogro, temendo que a esposa ia demorar muito para executar a tarefa que ele lhe tinha dado, subiu para ajudar. A surpresa dele não foi menor do que tinha sido a dela, quando seu olhar pousou sobre o espetáculo aterrorizante.

– Oh! Mas o que foi que eu fiz? – ele exclamou. – Aqueles pequenos desgraçados vão pagar por isso e vão pagar já.

Ele jogou um balde de água fria no rosto da esposa e, quando ela acordou, ele disse:

Clássicos de todos os tempos

– Rápido, me dá minhas botas de sete léguas, vou atrás deles e vou pegar todos.

Ele partiu e depois de correr em todas as direções finalmente encontrou o rastro das pobres crianças, que estavam a menos de cem metros da casa dos pais. Elas observaram como o ogro saltava de montanha em montanha e cruzava os rios com a maior facilidade, como se eles não passassem de riachinhos. Pequeno Polegar viu, perto de onde estavam, uma pedra com um buraco; escondeu os irmãos dentro dela e entrou em seguida, mantendo um olho no ogro o tempo todo. O ogro, já cansado da jornada longa e infrutífera, pois botas de sete léguas são muito cansativas para quem as calça, pensou em descansar um pouco, e, por coincidência, sentou justo na pedra onde os meninos tinham se escondido. O ogro estava exausto e não demorou até cair no sono; logo começou a roncar de um modo tão assustador que as crianças sentiram o mesmo medo que tiveram quando ele pegou a faca para cortar suas gargantas.

Pequeno Polegar não estava tão alarmado; ele disse aos irmãos para entrarem depressa, enquanto o ogro dormia, e que não se preocupassem com ele. Os meninos seguiram o conselho e logo estavam em casa. Pequeno Polegar então foi até o ogro e gentilmente retirou as botas dele e calçou em si mesmo. Elas eram muito grandes no pé e muito compridas no cano, porém, como eram botas mágicas, tinham a capacidade de ficar maiores ou menores de acordo com a pessoa que as usasse, de modo que se ajustaram a ele como se fossem feitas sob medida. Ele foi então direto para a casa do ogro, onde encontrou a esposa chorando a morte das filhas assassinadas.

– Seu marido – ele disse – está correndo grande perigo, pois foi pego por um bando de ladrões que juraram matá-lo se ele não entregasse todo o ouro e a prata que tinha. Bem quando estavam com as adagas na garganta, o ogro me viu, e implorou que eu viesse aqui contar o que havia acontecido. Ele me mandou dizer pra senhora entregar todo o dinheiro dele, sem deixar nem uma moeda para trás, porque do contrário eles vão matá-lo sem piedade. Como o tempo era curto, seu marido insistiu que eu pegasse as botas de sete léguas dele, que a senhora pode ver que estou usando, para que eu pudesse fazer tudo bem rápido, e também pra senhora ter certeza de que não estou mentindo.

A boa senhora, muito assustada, imediatamente entregou a ele todo o dinheiro que conseguiu encontrar, pois o ogro não era um mau marido, apesar de comer criancinhas. O Pequeno Polegar, carregando toda a fortuna do ogro, correu de volta para a casa do pai, onde foi recebido com a maior alegria.

Tem muita gente que discorda sobre esta parte da história, e diz que o Pequeno Polegar nunca roubou o dinheiro do ogro, só as botas de sete léguas, alegando que ele não sentiu vergonha deste furto porque o ogro as usava especificamente para perseguir criancinhas. Essas pessoas afirmam que ouviram isso de fonte segura, e que comeram e beberam na casa do lenhador. Elas garantem que, quando o Pequeno Polegar calçou as botas, foi até a corte, sabendo que lá havia grande aflição, pois o exército estava combatendo a mil quilômetros de distância e todos estavam ansiosos para saber o resultado da batalha que tinha sido travada. Essas pessoas contam que o Pequeno Polegar foi encontrar o Rei e falou que, se ele quisesse, ele traria notícias do exército antes do fim daquele dia. O Rei lhe prometeu uma grande quantia de dinheiro se ele conseguisse.

O Pequeno Polegar trouxe as novidades naquela mesma noite, e como a jornada o tornou bem famoso, ele passou a ganhar qualquer coisa que pedisse, pois o Rei o pagou muito generosamente por levar suas ordens até o exército; uma boa quantidade de moças também lhe dava o que ele quisesse em pagamento por notícias de seus amados, e isso foi o que lhe rendeu o maior ganho.

Depois de servir como mensageiro por um bom tempo e ter poupado bastante dinheiro, ele retornou à casa do pai, e a alegria da família ao revê-lo é inimaginável. Ele ajeitou a situação de todo mundo, comprou novas oficinas para o pai e os irmãos, e assim todos se estabeleceram, enquanto ele arranjou para si mesmo um posto na corte.

Clássicos de todos os tempos

Muitas vezes é o menino bonito
Que faz a alegria do pai
Enquanto o filho tímido, que cai
Raramente é o querido ou preferido
Apesar disso, dentre todos os rebentos
É este que à família dá o sustento.

RIQUET DO TOPETE

Era uma vez uma Rainha que teve um filho tão feio e deformado, que por muito tempo houve dúvidas sobre ele ser realmente humano. Apesar disso, uma fada presente ao nascimento afirmou que ele seria digno de receber amor, pois teria uma inteligência excepcional; e acrescentou que, graças ao dom que ela lhe concederia, ele seria capaz de tornar a pessoa que mais amasse no mundo tão inteligente quanto ele próprio. Isso deu um pouco de consolo à Rainha, que se sentia muito angustiada por ter colocado no mundo uma criaturinha tão feia. Seja dita a verdade, bem cedo o menino aprendeu a falar e dizia coisas muito bonitas; tudo nele tinha um ar de inteligência que encantava todos ao redor. Eu me esqueci de mencionar que ele nasceu com um pequeno tufo de cabelo, e por isso passou a ser chamado de Riquet do Topete, pois Riquet era o sobrenome da família.

Cerca de sete ou oito anos mais tarde, a Rainha de um reino vizinho teve duas filhas. A primeira era mais linda que um dia de sol, e a Rainha ficou tão maravilhada que muita gente teve receio que tamanho contentamento acabasse lhe fazendo mal. A mesma fada que havia assistido ao nascimento do pequeno Riquet esteve presente nessa ocasião, e, para moderar a alegria da Rainha, disse a ela que a pequena Princesa não teria nenhum dom intelectual, e que seria tão burra quanto era bonita. A Rainha ficou muitíssimo aborrecida ao ouvir isso, porém, pouco depois, ficou ainda mais triste, pois nasceu sua segunda filha, e ela era extremamente feia.

– Não se aflija, senhora – a fada disse para ela. – Sua filha vai ter uma compensação, pois será tão inteligente que a falta de beleza mal será notada.

– Os céus permitam que assim seja – respondeu a Rainha. – Mas será que não existe um modo de conceder um pouquinho de inteligência para a mais velha, que é tão bonita?

– Quanto à inteligência eu não posso fazer nada por ela – disse a fada –, mas em relação à beleza, sim. Como não há nada em meu poder que eu não faria para consolar a senhora, vou dar a ela o poder de conceder beleza a qualquer homem ou mulher que a agrade.

Conforme as duas Princesas cresciam, seus dons se tornavam mais acentuados, e ninguém falava de outra coisa que não fosse a beleza da mais velha e a inteligência da mais jovem. É verdade que ao longo dos anos os defeitos também foram aumentando. A caçula ficava mais feia a cada instante; a primogênita, mais burra a cada momento. Ou não respondia quando falavam com ela ou dizia alguma coisa tola. Era tão desajeitada que não conseguia guardar quatro peças de louça em uma prateleira sem quebrar ao menos uma, nem tomar um copo d'água sem derramar um pouco no vestido. Apesar de toda a atenção que sua beleza atraía, quase sempre era a outra que se destacava, fosse onde fosse que elas estivessem. Primeiro, todo mundo se aproximava da mais bonita, para observá-la e admirá-la; mas logo as pessoas a trocavam pela mais esperta, para ouvi-la dizer coisas agradáveis e divertidas. Era espantoso perceber como, em menos de quinze minutos, não havia mais nenhuma alma perto da primeira, enquanto a segunda ficava rodeada de gente. Apesar de muito burra, a mais velha percebia isso, e sem arrependimentos teria trocado toda a beleza que possuía por metade do tutano da irmã. Apesar de ser bastante delicada, a Rainha não conseguia evitar repreendê-la por sua estupidez, o que deixava a pobre Princesa morrendo de tristeza.

Clássicos de todos os tempos

Um dia, quando tinha entrado na floresta para chorar suas mágoas, ela viu aproximar-se um rapaz muito feio e de aparência bem desagradável, mas vestido magnificamente. Era o jovem Príncipe Riquet do Topete, que, tendo se apaixonado após ver um dos retratos dela que foram despachados para o mundo todo, havia partido do reino do pai para ter o prazer de conhecê-la e conversar com ela. Encantado por encontrá-la ali sozinha, ele se dirigiu a ela com todo o respeito e a maior educação possível. Constatando como ela estava melancólica, depois dos cumprimentos habituais ele disse:

– Eu não consigo entender, senhora, como uma pessoa, tão linda quanto você é, pode ser tão infeliz quanto você aparenta ser. Embora eu possa me gabar de ter visto uma infinidade de pessoas belas, posso afirmar com veracidade que jamais vi nenhuma cuja beleza pudesse ser comparada à sua.

– Gentileza sua dizer isso, senhor – respondeu a Princesa, e não disse mais nada.

– Beleza – continuou Riquet – é uma vantagem tão grande que toma o lugar de qualquer outra, e não vejo como alguém que a possua consiga se afligir com o que quer que seja.

– Eu bem preferiria – a Princesa falou – ser tão feia quanto você, e ter inteligência, a possuir a beleza que tenho, e ser burra como sou.

– Não há maior prova de inteligência, senhora, do que a certeza de não a possuir. É da natureza deste dom que, quanto mais o temos, mais acreditamos não o ter.

– Não sei como poderia ser assim – disse a Princesa –, mas o que sei é que sou muito boba, e essa é a causa da tristeza que está me matando.

– Senhora, se é isso que a está amargurando, posso facilmente colocar um fim a seu sofrimento.

– E como faria isso?

– Eu tenho o poder, senhora – respondeu Riquet do Topete –, de dar a quem eu mais ame tanta inteligência quanto é possível ter; sendo esta pessoa, depende inteiramente de você tornar-se dotada de toda a inteligência, desde que esteja disposta a casar-se comigo.

A Princesa ficou pasma de surpresa e não respondeu nada.

– Vejo – continuou Riquet do Topete – que minha proposta a perturba, e não me surpreendo; mas vou lhe dar um ano inteiro para pensar nela.

A Princesa tinha tão pouco raciocínio, e ao mesmo tempo estava tão ansiosa por fazer aquele ótimo acordo, que pensou que o fim daquele ano nunca chegaria; então aceitou de uma vez a oferta que lhe tinha sido apresentada. Assim que prometeu a Riquet do Topete que se casaria com ele naquele dia do ano seguinte, começou a sentir-se uma pessoa diferente da que tinha sido até então. Descobriu que conseguia dizer qualquer coisa que quisesse com uma rapidez inacreditável, e de se expressar de maneira esperta, fácil e natural. Ela começou a manter com Riquet do Topete uma conversa tão vibrante e bem fundamentada, e suas palavras eram tão espertas, que ele começou a achar que tinha dado a ela mais inteligência do que tinha sobrado para ele mesmo. Quando a Princesa voltou para o palácio, toda a corte ficou estupefata ao perceber aquela mudança súbita e extraordinária; a mesma quantidade de bobagens que eles estavam acostumados a escutar dela eram, agora, observações sensatas e incrivelmente espirituosas. A corte ficou em um estado indescritível de contentamento. Apenas a irmã mais nova não estava muito satisfeita, pois, tendo perdido a superioridade que tinha sobre a mais velha em relação à inteligência, estarem lado a lado agora significava apenas que ela era uma pessoa muito feia.

O Rei começou a se consultar com a filha mais velha, e de vez em quando até conduzia nos aposentos dela as reuniões do Conselho. As notícias sobre a mudança no estado das coisas se espalharam, e todos os jovens príncipes dos reinos vizinhos começaram a se esforçar para conquistar o afeto dela, e quase todos pediram sua mão em casamento. Entretanto, ela não achava nenhum deles inteligente o bastante, e escutava todos, mas não se comprometia com nenhum.

Até que um dia chegou um Príncipe tão rico e poderoso, tão esperto e tão lindo, que ela não resistiu a ouvir com atenção o que ele lhe dizia. Seu pai, notando isso, falou que daria a ela total liberdade para escolher pessoalmente um marido para si, e que ela só precisava informar quando tivesse resolvido. Como, quanto mais inteligência temos, mais difícil achamos tomar uma decisão nesses assuntos, ela pediu ao pai, depois de agradecer, que lhe desse tempo para pensar.

Para refletir sem interrupções sobre o que deveria fazer, ela foi passear na floresta; por coincidência, a mesma onde tinha conhecido Riquet do Topete. Enquanto caminhava imersa em seus pensamentos, ela ouviu um ruído grave sob os pés, como se várias pessoas estivessem correndo de um lado a outro muito ocupadas. Ao escutar com mais atenção, ouviu uma voz que dizia "me traz aquela frigideira", outra que dizia "me passa o caldeirão" e outra ainda que falava "põe mais lenha na fogueira". Na mesma hora, o chão se abriu, e ela viu lá embaixo o que parecia ser uma cozinha enorme, cheia de cozinheiros e assistentes e todo tipo de ajudante necessário ao preparo de um banquete magnífico. Depois surgiu uma fila de vinte ou trinta cozinheiros, que se acomodaram ao longo de uma mesa bem comprida em uma passagem da floresta; todos tinham um espeto nas mãos e um gorro de pele na cabeça, e começaram a trabalhar no ritmo de uma música que cantavam em grande harmonia.

A Princesa, espantada com aquela cena, perguntou aos homens para quem estavam trabalhando.

– Para o Príncipe Riquet do Topete, senhora – respondeu o chefe dos cozinheiros. – Ele vai se casar amanhã.

A Princesa, ainda mais assombrada do que antes, lembrou-se de súbito que tinham se passado exatamente doze meses desde o dia em que ela prometera se casar com o Príncipe Riquet do Topete, e ficou transtornada de agonia e perplexidade. A razão pela qual a Princesa não tinha recordado a promessa era que, quando ela prometeu, era uma tola; e, quando recebeu do Príncipe a bênção da inteligência, esqueceu todas as tolices de antes.

Ela ainda não tinha dado trinta passos quando Riquet do Topete se apresentou em carne e osso diante dela, vestido esplendidamente como um Príncipe prestes a se casar.

– Veja, senhora – ele disse –, que mantive rigorosamente minha palavra, e não tenho dúvida de que você veio até aqui para cumprir a sua, e para me fazer, ao me dar sua mão, o mais feliz dos homens.

– Eu lhe confesso, francamente – a Princesa respondeu –, que ainda não tomei uma decisão a esse respeito, e não creio que alguma seja capaz de tomar, como você deseja.

– Você me surpreende, senhora – disse Riquet do Topete.

– Não tenho dúvida quanto a isso – falou a Princesa. – E certamente, se eu precisasse lidar com uma pessoa estúpida, com um homem sem inteligência, eu estaria em grande apuro. "Uma Princesa está obrigada a cumprir o que diz", ele me diria, "e você precisa se casar comigo, pois assim me prometeu". Porém, como a pessoa com quem estou conversando é, dentre todos os homens do mundo, um dos mais sensatos e compreensivos, tenho certeza de que ele dará ouvidos à razão. Você sabe que, quando eu não passava de uma tola, não consegui decidir me casar com você; como então pode esperar que, agora que tenho a inteligência que você me deu, e que é tão difícil de satisfazer, eu consiga tomar em um dia a decisão que antes eu não consegui? Se você tinha a intenção séria de se casar comigo, fez muito mal em acabar com a minha burrice, pois assim permitiu que eu passasse a enxergar com mais clareza do que antes.

Riquet do Topete respondeu:

– Se um homem sem inteligência, que cobrasse o cumprimento da sua palavra prometida, teria o direito, como você mesma acaba de dizer, de ser tratado com bondade, senhora, por que haveria eu de merecer menos consideração, em um assunto que afeta toda a felicidade da minha vida? É justo que pessoas inteligentes fiquem em pior situação do que pessoas sem inteligência? Você diria isso? Você, que tanto quis possuir inteligência e agora tanta inteligência possui? Mas vou direto ao ponto, com a sua permissão. Deixando de lado minha feiura, existe algo em mim que a desagrade? Você está insatisfeita com minha origem, minha compreensão, meu temperamento ou meus modos?

– De jeito nenhum – respondeu a Princesa. – Eu o admiro em todos esses aspectos.

– Se é assim – Riquet do Topete se alegrou –, eu em breve serei muito feliz, pois você tem o poder de me transformar no mais belo dos homens.
– Como isso pode ser feito? – a Princesa quis saber.
– Pode ser feito se você me amar o suficiente para desejar que isso se realize. E para que não haja dúvida, senhora, saiba que a mesma fada que, no dia em que eu nasci, me deu o dom de conceder inteligência à pessoa que eu escolhesse, deu a você o dom de conceder beleza ao homem que você amasse, e sobre o qual você quisesse derramar esta graça.
– Se é assim, eu desejo de todo o coração que você se transforme no Príncipe mais bonito e mais amável do mundo, e lhe concedo este dom no limite máximo do meu poder.

Mal a Princesa tinha pronunciado estas palavras, Riquet do Topete apareceu diante de seus olhos como o homem mais lindo do mundo, o mais bem-apessoado e o mais atraente que ela já tinha visto. Dizem algumas pessoas que isso não resultou do encantamento da fada e sim que foi o amor, sozinho, que provocou a metamorfose. Dizem que a Princesa, tendo refletido sobre a perseverança de Riquet, sobre sua prudência e todas as outras qualidades de seu coração e sua mente, já não enxergava mais a deformidade do corpo dele nem a feiura de seus traços; que a corcunda dele parecia a ela nada mais que um simpático encolher de ombros, e que em lugar de reparar, como antes, em seus passos coxos, ela agora o via caminhando com uma ginga encantadora. Dizem também que os olhos dele, estrábicos, pareciam a ela mais brilhantes justamente por isso; e que o olhar enviesado dele representava para ela uma expressão do amor que ele lhe devotava; finalmente, dizem que o narigão vermelho de Riquet tinha, para ela, algo de marcial e heroico. Seja como for, a Princesa prometeu na hora que se casaria com ele, desde que obtivesse o consentimento do Rei, seu pai. O Rei, ciente de que a filha sentia grande afeto por Riquet do Topete, e sabendo que ele era um Príncipe muito esperto e sábio, recebeu-o com prazer como genro. A cerimônia foi realizada na manhã seguinte, conforme Riquet do Topete havia previsto, e de acordo com as ordens que ele havia dado muito tempo antes.

Charles Perrault

Nenhuma beleza e nenhum talento
Tem poder sobre
Um encanto indefinido
Só pelo amor percebido.